Noches blancas
El pequeño héroe

Clásica
Narrativa

FIÓDOR M.
DOSTOIEVSKI

NOCHES BLANCAS

EL PEQUEÑO HÉROE

Prólogo de Miquel Cabal Guarro

Traducción de Luis Abollado Vargas

AUSTRAL

Planeta

PEFC Certificado

Este libro procede de
bosques gestionados
de forma sostenible

PEFC

PEFC/14-38-00305 www.pefc.es

Títulos originales: *Белые ночи, Маленький герой*

Avda. Diagonal, 662-664, 08034 Barcelona (España)
www.planetadelibros.com

Diseño de la colección: Compañía
Primera edición en Austral: junio de 2025
Segunda impresión: septiembre de 2025
Tercera impresión: diciembre de 2025
Cuarta impresión: marzo de 2026

Depósito legal: B. 8.573-2025
ISBN: 978-84-08-30501-9
Composición: Realización Planeta
Impreso en España

Biografía

Fiódor Mijáilovich Dostoievski (Moscú, 1821 – San Petersburgo, 1881) es uno de los mejores novelistas rusos de la historia. Educado por un padre déspota y autoritario, tras la temprana muerte de su madre, estudió en la Escuela de Ingenieros de San Petersburgo. En 1849 fue condenado a muerte por formar parte de un grupo de intelectuales socialistas; sin embargo, recibió el indulto horas antes de la ejecución a cambio de varios años de trabajos forzosos en Siberia. A su vuelta en San Petersburgo, escribió de forma fervorosa sus obras más importantes para cumplir las apremiantes entregas editoriales, sumido en una vida trágica entre deudas y su adicción al juego. Sus escritos, extremadamente minuciosos, son profundos análisis psicológicos, tragedias de moralidad, apuntes de existencialismo, que diseccionan la sociedad del siglo XIX. De entre sus obras destacan: *Pobres gentes* (1846), *El doble* (1846), *Humillados y ofendidos* (1861), *Notas de invierno sobre impresiones de verano* (1863), *Apuntes del subsuelo* (1864), *El jugador* (1866), *Crimen y castigo* (1866), *El idiota* (1868), *El eterno marido* (1870), *Los endemoniados* (1871-1872), *El adolescente* (1875) y *Los hermanos Karamázov* (1880).

Índice

PRÓLOGO

El despertar de ¿la felicidad?

Nacido en Moscú en 1821, Fiódor Dostoievski fue el segundo de los siete hijos de un médico militar. Desde muy joven compartió la pasión por la literatura con su hermano mayor, Mijaíl, con quien en el futuro habría de colaborar en importantes proyectos editoriales. En 1837, la muerte de su reverenciado poeta Alexandr Pushkin le impactó cuando contaba solo quince años. Poco después perdió también a su amada madre. El mismo año su padre le matriculó en la Academia Imperial de Ingenieros de San Petersburgo. La muerte del padre por causas violentas en 1839, todavía por esclarecer, marcó un punto de inflexión en la biografía del escritor. Siendo un adolescente y cuando se encontraba aún bajo la disciplina militar, hizo sus primeras tentativas literarias traduciendo a George Sand y Honoré de Balzac y escribiendo dramas que no se han conservado.

Tomó conciencia de que la literatura era el camino

que quería seguir: abandonó la carrera militar tras licenciarse como teniente de ingenieros en 1844 y se interesó por las tendencias literarias y de pensamiento más en boga en un San Petersburgo en ebullición. Entró en contacto con intelectuales liberales y con los ambientes del socialismo utópico. De ahí quizá el notable carácter social de su primera obra, *Pobres gentes*, una novela epistolar que despertó la aclamación de la crítica y de un público lector en la época más bien escaso. Esa fue la base sólida sobre la que Dostoievski asentó su propuesta literaria: un corpus ingente y complejo de obras con estilos y orientaciones de lo más variado.

Ya como miembro destacado de los círculos literarios prominentes, el joven Dostoievski se integró en el grupúsculo radical de Petrashevski, que operaba contra la censura del zar Nicolás I. La represión social y cultural era furibunda. Los agentes secretos y los informadores de la policía política estaban por todas partes. También entre los que se disponían a difundir propaganda contra la autocracia desde una imprenta clandestina. Justamente tras la publicación de *Las noches blancas*, en abril de 1849, Dostoievski y el resto de los miembros del círculo de Petrashevski fueron detenidos, condenados a muerte y recluidos en la prisión de la Fortaleza de San Pedro y San Pablo.

Encerrado en la fortaleza, Dostoievski escribió *El pequeño héroe*, aunque no lograría publicar dicha novela corta (o relato largo, según se mire) hasta 1857. En un ejercicio de crueldad redoblada, el escritor y los otros condenados fueron llevados al paredón, donde se escenificó un fusilamiento que el zar había conmutado meses antes por una pena de reclusión en una colonia penitenciaria siberiana. El fusilamiento teatralizado y los largos años de privación de libertad, en los que Dostoievski fue testigo de episodios desgarradores, determinaron la particular mirada del autor sobre la realidad y su capacidad única para trasladar la naturaleza humana al medio literario.

Un lector familiarizado con las grandes novelas de Dostoievski escritas entre 1865 y 1880, como *Crimen y castigo*, *El idiota*, *Los demonios*, *El adolescente* o *Los hermanos Karamázov*, es muy probable que se haya formado ya una imagen bastante clara del estilo del autor. En el caso de que hubiera leído además otras de sus obras del mismo período, como *El jugador* o *Apuntes del subsuelo*, podría haberse convencido de tener una idea bien definida de la estética dostoievskiana. Y quizá no le faltaría razón. No obstante, la primera de las novelas que el lector tiene ahora en sus manos difiere en muchos aspectos de las obras citadas.

Noches blancas, escrita en 1848, surgió justo cuando Dostoievski había alcanzado un éxito inesperado con su primera novela, *Pobres gentes*, publicada tan solo dos años antes. A pesar de este buen comienzo, el autor estaba inmerso en una etapa de búsqueda, experimentando con nuevas formas narrativas para conseguir una recepción tan positiva como la que obtuviera su primer trabajo. Entre estas tentativas, tal vez la más lograda sea precisamente *Noches blancas*. En esta novela, que lleva por subtítulo *Novela sentimental (de las memorias de un soñador)*, el autor deja atrás los tonos oscuros y la crítica social para adentrarse en un terreno aparentemente más ligero y luminoso: el amor juvenil, la pasión vital y la ingenuidad. Un enfoque que no se observa mucho en las novelas de su etapa posterior.

En el conjunto de la obra de Dostoievski, *Noches blancas* ocupa un espacio singular, no solo por su contenido, sino también por la forma en que está construida la novela. Su originalidad se percibe en varios aspectos, desde el retrato de los personajes hasta las relaciones que se establecen entre ellos, pasando por la estructura narrativa. Pero quizá lo más llamativo sea la atmósfera que envuelve la novela: un aire romántico que bascula entre la ironía y la admiración por los ideales que evoca. Siguiendo a sus queridos autores románticos, Dostoievski utiliza los recursos del romanticismo con maestría, pero los despoja de sus excesos vacuos y grandilocuentes, buscando con ello una suerte de resignificación.

En el universo de *Noches blancas*, el mundo de la ilusión romántica se trasluce en cada página, lo que dota al relato de una sensibilidad muy particular. Resulta fundamental la figura del narrador, el soñador aludido en el subtítulo. Se trata de un personaje que se evade de la realidad para refugiarse en la fantasía. Es un individuo que se percibe a sí mismo como irrelevante e incluso superfluo en su vida cotidiana, pero que al mismo tiempo anhela un contacto más profundo con el mundo. Su encuentro con Nástenka, el otro personaje central, es lo que lo enfrenta al fin con algo tangible, o quizá diríase más bien a algo sensible: a un amor que podría llegar a sacarlo de su ensimismamiento y convertir sus ilusiones en una felicidad real.

Si nos limitáramos a la trama, correríamos el razonable riesgo de concluir que *Noches blancas* narra una historia sencilla, casi ingenua. No obstante, además de la revisión de los recursos del romanticismo, lo que hace que la obra destaque dentro del variopinto corpus dostoievskiano es la construcción de los personajes protagonistas, que se nos aparecen como arquetipos en la creación del autor. En este sentido, en el personaje del soñador se vislumbran rasgos de héroes futuros como el narrador de *Apuntes del subsuelo*, o incluso ciertos destellos de la mente atormentada de Raskólnikov. De hecho, el soñador de *Noches blancas* parece la encarnación casi antagónica de ambos, una suerte de Raskólnikov antes de haber perdido la fe en la humanidad para refugiarse en un subsuelo inhóspito.

Por su parte, en el personaje de Nástenka detectamos el germen de esas figuras femeninas jóvenes, esencialmente buenas, sacrificadas y sufrientes, que transitan por la celebrada narrativa de Dostoievski, desde la Varvara de *Pobres gentes* hasta la Liza de *Apuntes del subsuelo* y la Sonia de *Crimen y castigo*. A través de estos personajes, la novela anticipa algunos de los grandes temas que el autor seguirá explorando a lo largo de su carrera: el amor idealizado, las relaciones de poder en el matrimonio, la sumisión, la torpeza amorosa y unos vínculos más bien efectivos que afectivos, y con frecuencia marcados por la desigualdad.

El pequeño héroe, la segunda pieza del presente volumen, se asemeja en parte a *Noches blancas* por la naturaleza romántica y sentimental de la narración, e incluso por el tono general del narrador. Más aun, el hecho de que el texto relate el despertar del amor en el personaje central es una coincidencia notable entre ambas obras.

En *El pequeño héroe*, quien sufre el implacable despertar del amor (y la sexualidad), uno de los hitos de la pubertad, es un niño de once años que se enamora de la melancólica madame M., una dama casada con un hombre que no es celoso por amor, sino por egoísmo, como señala el narrador. Un narrador que no duda en afilar la pluma de vez en cuando, anticipando ya otra importante línea dostoievskiana.

Aunque los niños tienen una presencia destacada en el corpus literario dostoievskiano, lo que distingue este relato del resto es el contexto de la acción, que se desarrolla en un ambiente acomodado, en el que el niño no es víctima de injusticias sino que se desenvuelve entre la alta sociedad. Un escenario que se antoja muy *à la* Turguénev. Como ya se ya mencionado, Dostoievski escribió *El pequeño héroe* mientras estaba recluido en el penal de la Fortaleza de San Pedro y San Pablo, esperando una ejecución que quedaría en cruel simulacro. Aunque en una carta de 1873 el autor declarara que en su *Cuento infantil*, como inicialmente se titulaba el relato, no hay ni rastro de amargura porque en prisión tenía sueños hermosos y apacibles, lo cierto es que asoma en el texto un cierto resentimiento por la condena.

«Era, ante todo, un europeo, un hombre de la época, contagiado de las ideas modernas, de las que blasonaba. [...] Se le tenía por *hombre inteligente*. Es este el nombre que en ciertos círculos se da a un tipo especial de individuos cebados a costa de los demás, que no hacen nada, que no quieren hacer nada y que, en virtud de su constante ociosidad y holganza, acaban llevando por corazón un trozo de manteca.» Así suena, en la magnífica traducción de Luis Abollado, la ácida descripción con la que el narrador de *El pequeño héroe* retrata al marido de madame M. Algo que podría reflejar el resquemor del autor para con quienes «degradaban y usaban, para su propio beneficio, el idealismo social que él valientemente había tratado de llevar a la práctica», en palabras de Joseph Frank, el gran biógrafo de Dostoievski.

Sea como fuere, *Noches blancas* y *El pequeño héroe* constituyen dos ejemplos mayúsculos del Dostoievski más luminoso, con unos personajes que se desviven por la felicidad. Tras oír como madame M. se declaraba indispuesta para salir con su aborrecible marido y constatar así que podría pasear con ella un rato, el narrador de *El pequeño héroe* cuenta: «En aquel momento me miró. ¡No cabía mayor felicidad para mí!». Y si no fuera porque la redacción de esta obra es posterior a la de *Noches blancas*, podría parecer que el soñador le responde directamente con una de las sentencias finales más icónicas del legado de Dostoievski: «¡Dios mío! ¡Todo un momento de felicidad! ¿Acaso es poco incluso para toda una vida humana?...».

Es competencia del lector valorar esta última cuestión, como otras tantas planteadas por el inmenso escritor ruso en las dos piezas de este volumen y en el resto de las obras que componen uno de los corpus literarios más leídos, aclamados, criticados y reivindicados de la historia de la literatura universal. Si bien en Dostoievski encontramos más preguntas que respuestas, no cabe duda de que sus creaciones resultan especialmente estimulantes e iluminadoras en los aciagos tiempos corrientes. Quizá la lectura de las obras que siguen permita al lector vislumbrar hasta un cierto grado de la tan ansiada felicidad, aunque sea solo por un momento.

MIQUEL CABAL GUARRO
Barcelona, marzo de 2025

NOCHES BLANCAS[1]

Novela sentimental
(De las memorias de un soñador)

1. *Noches blancas (Belie nochi)* se publica por primera vez en el número 12 de 1848 de la revista *Otéchestvennie zapiski*. La versión definitiva aparece en el tomo I de las *OC* de 1865.

¿O era esta su misión:
estar, siquiera un instante,
al lado de tu corazón?...

I. TURGUÉNEV

Primera noche

Era una noche espléndida, una de esas noches que solo se nos presentan cuando somos jóvenes, amable lector. El cielo aparecía tan estrellado y tan claro que, al mirarlo, se preguntaba uno instintivamente: ¿Cabe imaginarse que bajo semejante bóveda exista gente irritable y caprichosa? También esta es una pregunta propia de la juventud, caro lector; una pregunta muy juvenil, pero ¡que Dios la envíe a nuestras almas cuanto más a menudo, mejor! Al referirme a las criaturas irritables y caprichosas, no puedo por menos de recordar mi estado de ánimo de aquel día. Desde la propia mañana se apoderó de mí una sorprendente angustia. Se me antojó, de buenas a primeras, que todos me abandonaban en la soledad, que todos se apartaban de mí. Bien es cierto que sería legítimo inquirir: «¿Y quiénes son esos *todos*?». Pregunta harto natural, porque en los ocho años que llevo viviendo en Petersburgo apenas he hecho una sola amistad. ¿Para qué? Ya sin ello conozco a Petersburgo entero. Así se explica mi idea de que todos me abandonaban cuando todo Petersburgo hizo las maletas y se marchó de veraneo al campo. Me aterrorizaba quedarme solo, y anduve errabundo por la ciudad tres días, embargado de un pesar profundo y sin entender lo que me sucedía. Ya me dirigiera a la avenida Nevski, o al jardín, o a dar un paseo por la orilla del río, no veía una sola de las personas que solía encontrar en un lugar determinado y a una hora fija durante todo el año. Por supuesto, ninguna de ellas me conoce, pero yo a ellas sí. Y las conozco bien: he hecho casi un estudio completo de sus fisonomías, gozo al verlas contentas y sufro si las veo tristes. He llegado casi a intimar con un anciano al que me tropiezo todos los días, a la misma hora, en la Fontanka. Tiene un continente grave y pensativo... Siempre va cuchicheando solo y moviendo la mano izquierda, mientras con la derecha se apoya en un largo y nudoso bastón rematado en un pomo de oro. También él se ha fijado en mí y me profesa alguna simpatía. De fijo que si no me presento a la hora en cuestión en el mismo sitio de la Fontanka le invade la melancolía. De ahí que, a veces, estemos a punto de saludarnos, sobre todo cuando los dos nos hallamos de buen humor. Hace poco, al encontrarnos después de dos días sin vernos, faltó poco para que ambos nos lleváramos la mano al sombrero, pero nos reportamos a tiempo, bajamos las manos y pasamos de largo el uno junto al otro con visible satisfacción. También las casas me son conocidas. Cuando voy por la calle, parece como si cada una de ellas corriese a mi encuentro y, mirándome con todas sus ventanas, me dijese: «Buenos días. ¿Qué tal va esa salud? Yo estoy bien, a Dios gracias, y en mayo van a añadirme un piso». O bien: «¿Qué tal está usted? A mí comienzan a repararme mañana». O, finalmente: «He estado a punto de arder. ¡Qué susto me llevé!», etc., etc. Tengo entre ellas mis favoritas y mis amigas predilectas. Una piensa ponerse este verano en tratamiento a cargo de un arquitecto. Pasaré a visitarla diariamente, no sea que, ¡Dios nos libre!, el tratamiento la aniquile. Nunca olvidaré la historia de un primoroso edificio rosa pálido. Era una casita de mampostería, tan atractiva, que me miraba con tanto afecto y contemplaba con tanto orgullo a sus deformes vecinas, que se me alegraba el corazón al pasar junto a ella. De pronto, yendo por la calle la semana pasada, se me ocurre mirar a mi amiga, y oigo un grito lastimero: «¡Me están pintando de amarillo!». ¡Criminales, bárbaros! Nada habían respetado: ni las columnas, ni las cornisas; y mi amiga había acabado por volverse del color de un canario. Estuvo a pique de saltárseme la bilis, y hasta este momento no he tenido valor para ver de nuevo a mi infeliz y desfigurada amiguita, a la que han puesto como el Celeste Imperio.

Ya sabe usted, lector, hasta qué punto conozco Petersburgo.

He dicho más arriba que me pasé tres días torturado por la inquietud, hasta que logré adivinar el motivo que la producía. Me sentía mal en la calle (no encuentro a este, no veo al otro, ¿dónde se habrá metido el de más allá?), pero también en casa estaba como descentrado. Durante dos tardes enteras traté de adivinar lo que me faltaba en mi rincón y por qué era tan desapacible la vida en él. Escudriñé, perplejo, las verdosas y ahumadas paredes, el techo, engalanado de telarañas, que Matriona cultivaba con éxito singular; revisé todo el mobiliario, hasta la última silla, para indagar si no radicaría allí el mal (porque han de saber ustedes que apenas una silla se encuentra en un sitio distinto de donde estaba el día anterior, pierdo los estribos); me asomé a la ventana, y todo inútilmente: ¡no sentí el menor alivio! Tuve hasta la ocurrencia de llamar a Matriona y, con aire paternal, reprocharle lo de las telarañas y el descuido en que lo tenía todo; pero ella se limitó a lanzarme una mirada de asombro, y se marchó sin proferir palabra, de suerte que las telarañas siguen gozando de buena salud y colgando del techo. Por último, esta mañana he conseguido dar con el motivo: ¡de manera que todo el mundo me deja aquí para largarse de veraneo! Perdonen lo burdo de la expresión, pero no estaba en aquel momento para finuras de lenguaje, porque todo cuanto había en Petersburgo se había marchado o se marcharía al campo; porque todo caballero respetable, de grave apariencia, que alquilaba un coche, se convertía inmediatamente para mí en un venerable padre de familia que, tras cumplir sus deberes cotidianos en la oficina, salía para la casa de campo, reintegrándose al seno del hogar; y porque todos los transeúntes ofrecían ya un aspecto muy particular y parecían decir a cualquiera que se encontraban: «Señores, estamos aquí de paso, pues dentro de dos horas nos marchamos a la *dacha*».[2] Si se abría una ventana, en cuyos cristales habían tamborileado previamente unos deditos sutiles, más blancos que el azúcar, y se asomaba la cabecita de una primorosa joven

2. Casa de campo.

llamando a la florista, me figuraba al instante que nadie compraba flores para gozar de la primavera y de sus frutos en la sofocante atmósfera de una vivienda urbana, sino que todos se trasladarían muy pronto a la casa de campo y querían las flores para llevárselas allí. Es más: había avanzado tanto en mis originales descubrimientos, que podía ya determinar con toda certeza, guiándome tan solo por el aspecto, en qué lugar de veraneo habitaba cada cual. Los vecinos de las islas Kámenni y Aptekarski y los de la carretera de Peterhof se distinguían por la estudiada finura de sus ademanes, por la elegancia lechuguina de sus trajes veraniegos y por los fastuosos carruajes en que venían a Petersburgo. Los habitantes de Pargólovo y de más allá «imponían» desde el primer momento por su discreción y gravedad; y los de la isla Krestovski descollaban por su jovial e imperturbable aspecto. Si me encontraba con una larga procesión en la que los carreteros, riendas en mano, avanzaban, perezosos, al flanco de las carretas, atestadas de muebles, mesas, sillas, camas turcas y no turcas y otros enseres domésticos, sobre los cuales, como si no bastase con aquel montón, iba a menudo una escuálida cocinera que custodiaba los bienes del amo como quien guarda las niñas de sus ojos, o si veía unas barcas que, cargadas de utensilios domésticos, se deslizaban por el Nevá o por el Fontanka hasta el arroyo Chorni o hasta las islas, las carretas y las barcas se decuplicaban o se centuplicaban a mis ojos; me parecía que todo se levantaba de su sitio, que se ponía en movimiento y que se trasladaba al campo en caravanas interminables; que Petersburgo entero amenazaba con transformarse en un desierto y, a la postre, acababa por avergonzarme, por enfadarme y entristecerme, pues carecía de sitio adonde ir. Estaba dispuesto a marcharme con cualquier carreta o con el primer caballero de respetuosa apariencia que alquilase un coche, pero ni uno solo, absolutamente ninguno, se dignaba invitarme. O se habían olvidado de mí, o les era a todos ajeno.

Anduve mucho, de suerte que, siguiendo mi costumbre, había olvidado dónde estaba, cuando, de repente, noté que había llegado a una de las puertas de la ciudad. Lleno de súbita alegría, atravesé la barrera y eché a andar entre prados y tierras de labranza. Lejos de sentirme fatigado, pareció quitárseme un peso de encima. Los viandantes me miraban con tal simpatía, que les faltaba poco para hacerme una reverencia. Todos se mostraban contentos, y todos fumaban cigarros puros. Yo me puse tan alegre como no había estado nunca. Me creí transportado a Italia: ¡tanta fue la impresión que me causó la naturaleza a mí, un enfermizo habitante de la ciudad que estaba a punto de asfixiarse entre las paredes de las casas!

Hay en la naturaleza de nuestro Petersburgo un encanto indecible cuando, a la llegada de la primavera, pone de manifiesto todo su vigor, todo el brío que el cielo le ha otorgado, y se abre como un capullo, se engalana y se cubre de flores policromas... Me hace recordar a la muchacha mustia y enfermiza que unas veces miramos con lástima, otras con piadosa compasión, y otras pasa inadvertida, pero que, de pronto, en un solo instante y como de improviso, se torna, inexplicablemente, maravillosamente hermosa, y uno, perplejo y embriagado, se pregunta: ¿qué fuerza ha hecho resplandecer con semejante fuego esos ojos tristes y pensativos?, ¿qué ha hecho afluir la sangre a esas mejillas pálidas y demacradas?, ¿qué ha inyectado tal pasión en ese semblante dulce y delicado?, ¿por qué palpita ese pecho tan violentamente?, ¿qué es lo que de manera tan súbita ha infundido energía, vida y hermosura en el rostro de la pobre muchacha, haciéndole sonreír y resucitar con esa risa luminosa y radiante? Uno mira en derredor suyo, busca a alguien, hace conjeturas... Pero ese instante es efímero, y acaso al día siguiente vuelve uno a encontrar los mismos ojos pensativos y lánguidos de antes, la misma cara pálida, iguales movimientos dóciles y cohibidos, e incluso un deje de arrepentimiento, un rastro de nostalgia y de pesar por aquella momentánea distracción... A uno le da pena que se haya marchitado tan pronto y tan sin remisión aquella belleza pasajera, que su brillo haya sido tan equívoco y vano, y que ni siquiera haya dado tiempo a adorarla...

Y, sin embargo, mi noche fue más hermosa que el día. He aquí lo que sucedió.

Regresé a la ciudad bastante tarde, y habían dado ya las diez cuando me aproximé a mi casa. Mi camino seguía la orilla de un canal, y a tales horas no se veía un alma por la calle. Ciertamente, vivo en uno de los barrios más apartados. Iba cantando, porque siempre que me siento a gusto me pongo a tararear algo como cualquier hombre feliz que no tiene ni amigos ni conocidos con quienes compartir sus alegrías en los momentos de gozo. Y he aquí que, de pronto, me vi metido en la más inesperada de las aventuras.

A un lado, apoyada en el pretil del canal, había una mujer que, por lo visto, contemplaba embebida las turbias aguas. Se tocaba con un lindo sombrerito amarillo y llevaba una coquetona capa negra. «Es una muchacha y, con toda seguridad, morena», me dije. No pareció oír mis pasos, y ni siquiera se movió cuando pasé de largo, conteniendo la respiración y con el corazón palpitante. «¡Qué raro! —pensé—. Muy ensimismada debe de estar.» Pero de pronto me detuve, y quedé como clavado en tierra: habían llegado a mis oídos unos sollozos sordos. En efecto, no me había equivocado: la muchacha estaba llorando, pues al cabo de unos instantes oí nuevos sollozos. ¡Dios de los cielos! El corazón se me contrajo. Por tímido que sea yo con las mujeres, aquel era un momento... Me volví, me acerqué, y me hubiera dirigido a ella con el consabido: «¡Señora!», si no hubiera sabido que esta exclamación se ha pronunciado ya mil veces en todas las novelas rusas de la alta sociedad. Fue lo único que me contuvo. Pero el caso es que, mientras yo buscaba la palabra apropiada, la joven salió de su ensimismamiento, miró a su alrededor, se reportó, bajó la cabeza y se escabulló, echando a andar calle adelante. La seguí presuroso, pero ella, al notarlo, se apartó del malecón, cruzó la calle y siguió por la acera. No me atreví ya a hacer lo mismo. El corazón me latía como el de un pajarillo cautivo. Mas, inesperadamente, la casualidad vino a ayudarme.

En la acera, y a poca distancia de mi desconocida, apareció de pronto un caballero de frac. Aunque su edad era respetable, sus andares no merecían igual calificativo. Iba haciendo eses y apoyándose en la pared con precaución. Por su parte, la muchacha avanzaba presurosa y recatada, como es propio de una chica que no quiere que nadie se ofrezca a acompañarla de noche; y, naturalmente, el tambaleante caballero no la hubiera alcanzado jamás de no haber recurrido, por suerte para mí, a un procedimiento extremo: sin encomendarse a Dios ni al diablo, nuestro buen señor emprendió carrera y, a todo correr, salió en persecución de la desconocida. Ella volaba como el viento, pero el vacilante individuo, acercándose más y más, acabó por darle alcance. La joven lanzó un grito y... doy gracias al Destino por el magnífico y nudoso bastón que blandía mi mano derecha: en menos que se dice pasé a la otra acera; en un santiamén, el importuno caballero hizo su composición de lugar y, atento a la razón inapelable de mi diestra, retrocedió sin decir palabra y, solo cuando ya nos habíamos alejado mucho, protestó contra mí en los términos más enérgicos. Pero sus palabras apenas llegaban ya a nuestros oídos.

—Cójase a mi brazo —dije a la desconocida—. Así se cuidará muy bien de volver a importunarla.

Ella, en silencio, colocó en mi brazo su mano, temblorosa todavía por efecto de la agitación y del susto. ¡Oh, señor impertinente, cómo te bendecía yo en aquel instante! La miré de soslayo. Era una morena encantadora: no me había equivocado. En sus negras pestañas brillaban todavía unas lágrimas, no sé si a causa del reciente susto o de su anterior amargura, pero en sus labios se dibujaba ya una sonrisa. También ella me miró a hurtadillas, se ruborizó levemente y bajó los ojos.

—¿Por qué ha huido usted de mí? —le dije—. De haber ido conmigo, no le hubiera ocurrido nada...

—Pero es que yo no le conocía... Pensaba que también usted...

—¿Acaso me conoce ahora?

—Un poquito. Si no, dígame: ¿por qué tiembla?

—¡Oh, veo que lo ha adivinado a la primera! —respondí, entusiasmado al comprobar que la joven era inteligente, cosa que nunca estorba a la belleza—. Verdaderamente, ha adivinado usted enseguida con quién trataba. En efecto, soy tímido con las mujeres, y no discuto que estoy ahora tan agitado como estaba usted hace unos minutos, cuando aquel individuo la ha asustado... Me siento como asustado. Me parece un sueño, pues nunca imaginé que llegaría a hablar con una mujer...

—¡Cómo! ¿Será posible?

—Y tanto. Si me tiembla el brazo es porque jamás sostuvo una manecita tan pequeña y tan primorosa como la suya. Estoy totalmente alejado de las mujeres; es decir, nunca he frecuentado su compañía. Vivo solo, aislado... Ni siquiera sabría mantener una conversación con ellas... Ahora mismo no estoy seguro de no haber cometido ya alguna indiscreción. Dígamelo sin vacilar. Le aseguro que no soy susceptible...

—No, no, al contrario. Y ya que me pide usted franqueza, le aseguro que a las mujeres les agrada tal timidez. Le diré más: a mí también me gusta, y no me apartaré de usted hasta mi propia casa.

—Usted va a conseguir que enseguida se disipe mi timidez —exclamé temblando de júbilo—. Y entonces, ¡adiós recursos míos!

—¿Recursos? ¿A qué recursos se refiere? Eso ya no me parece bien.

—Perdón. No lo diré más. Se me ha escapado... Pero ¿cómo quiere usted que en un momento como este no haya sentido el deseo de...?

—¿De agradar?

—Naturalmente. Por el amor de Dios, sea comprensiva conmigo... Fíjese bien: a los veintiséis años, todavía no he tenido tratos con nadie. ¿Cómo voy a ser diestro, elocuente y oportuno en mi conversación? Pero usted lo entenderá mejor si todo está al descubierto, a la luz del día... No sé callar cuando mi corazón habla... No temo declararlo: créame que jamás he conocido a ninguna mujer. ¡Jamás, jamás! Ni la menor relación. Y sueño a diario con encontrar alguna. ¡Si supiera cuántas veces he estado enamorado de ese modo!

—¿De qué modo? ¿Y de quién?

—De nadie, de la mujer ideal, de la que veo en sueños. Soñando, escribo novelas enteras. ¡Oh, usted no me conoce! Por supuesto, ¡cómo no!, me he tropezado en mi vida con dos o tres mujeres, pero ¿qué mujeres eran? Patronas que... En fin, voy a hacerla reír contándole que, en más de una ocasión, he pensado en abordar en la calle a alguna señorita que fuese sola; en hablarle con timidez, con respeto, con pasión; en confesarle que me mata la soledad; en pedirle que no me arroje de su lado, pues no tendría otra ocasión para conocer a una mujer, y en persuadirla de que toda mujer está obligada a no desoír la humilde súplica de un desdichado como yo, puesto que, en resumidas cuentas, todo cuanto pido se reduce a que me diga dos palabras de amistad y de simpatía, a que no me arroje de su lado al primer momento, a que tenga fe en mi palabra, a que me oiga, a que se burle de mí si quiere, a que estimule mis esperanzas, a que me diga dos palabras, ¡solo dos!, aunque nunca volvamos a encontrarnos... Pero veo que se ríe... Aunque, por cierto, para eso lo digo...

—No se enfade. Me río porque es usted enemigo de sí mismo, y si se decidiese a hacer la prueba acaso saliera con bien de ella, aunque fuese en plena calle. Cuanto más sencillo, mejor... Ninguna mujer buena, que no fuese tonta o que no estuviese muy malhumorada en el preciso momento, osaría rechazarle sin concederle las dos palabras tan humildemente pedidas por usted... ¡Pero no, qué digo! Sin duda, le tomaría por loco. Yo hablaba juzgando por mí: conozco muy bien cómo se conduce la gente en este mundo.

—¡Gracias, gracias! —exclamé—. No se imagina el favor que me ha hecho.

—Bueno, bueno; pero dígame cómo ha sabido que yo era una mujer con la que... a la que usted consideraba digna de... de su atención y de su amistad... o sea, que no era una patrona, para emplear su expresión. ¿Por qué se he decidido a acercarse a mí?

—¿Cómo que por qué? Iba usted sola, aquel individuo era osado en demasía, y ahora es de noche. Convendrá conmigo en que mi deber...

—No, no; yo digo antes, al otro lado de la calle. Entonces ha tratado de acercarse...

—¿Allí, al otro lado? La verdad, no sé qué decirle. Temo... Verá usted: hoy venía contento, satisfecho, cantando; había estado en el campo; nunca había vivido momentos tan felices. Y usted... Al menos, a mí me lo ha parecido... Perdone que se lo recuerde: he tenido la impresión de que estaba usted llorando, y yo... yo no podía ver aquello. Se me encogía el corazón... ¿Es que, Dios mío, no podía yo sentir lástima de usted? ¿Era un pecado compadecerla como un hermano?... Perdone que haya dicho «compadecerla»... Sí, eso es... ¿Podía ofenderla mi impulso instintivo de acercarme a usted?

—Bueno, basta, no siga... —replicó ella, bajando la vista y apretándome el brazo—. La culpa es mía, por haber sacado esta conversación. Sin embargo, me alegro de no haberme equivocado respecto a usted... Pero ya hemos llegado. Mi casa está a dos pasos de aquí, entrando por ese callejón. Adiós, y gracias.

—Pero ¿será posible que no volvamos a vernos nunca más? ¿En esto va a quedar todo?

—Ya ve lo que son las cosas —sonrió ella—: antes solo pedía usted dos palabras, y ahora... Pero, en fin, no tiene importancia... Acaso nos encontremos...

—Mañana me tendrá en este mismo lugar. ¡Oh, perdone usted! Ya estoy exigiendo...

—Cierto: es usted impaciente... Poco le falta para exigir...

—Óigame —la interrumpí—, oiga y perdone si otra vez le digo algo que no debiera... Pero el caso es que no puedo dejar de venir mañana aquí. Soy un soñador; gozo tan poco de la existencia real, y son tan raros para mí los momentos como este, que forzosamente he de repetirlos, evocándolos en mis sueños. Estaré soñando con usted toda la noche, una semana, un año entero. Mañana volveré aquí sin falta, precisamente aquí, a este mismo sitio, y me sentiré feliz recordando nuestro encuentro de hoy. Este lugar es ya evocador para mí. Tengo en Petersburgo dos o tres como él. Una vez, los recuerdos me hicieron llorar, como lloraba usted... Quién sabe si su llanto de hace diez minutos no sería fruto de algún recuerdo... Pero dispense que me haya abstraído de nuevo: puede que, alguna vez, haya sido usted muy dichosa en este mismo sitio...

—Bueno —accedió la joven—. Probablemente, yo también acudiré mañana, a las diez. Estoy viendo que no puedo prohibírselo ya... El caso es que tengo que venir por necesidad. No crea que le he concedido una cita: le prevengo que he de estar aquí por razones particulares mías. No obstante... bueno, se lo diré sin rodeos: no importa que venga usted también, sobre todo porque pudiera haber molestias como la de hoy. Pero dejemos eso a un lado... En resumidas cuentas, desearía verle... para decirle dos palabras. Ahora bien, confío en que no se forme de mí una mala opinión. No crea que doy las citas así como así... La verdad es que yo no le pediría que viniese, a no ser por... ¡En fin, déjeme que guarde el secreto! Solo que ha de ser con una condición...

—¿Una condición? ¡Dígala, dígala! Aceptada de antemano. Estoy dispuesto a todo —exclamé entusiasmado—. Respondo de mí. Seré obediente y respetuoso. Usted me conoce...

—Justamente porque le conozco le invito a venir mañana —dijo ella con una sonrisa—. Le conozco muy bien. Pero he aquí mi condición, que usted, con su amabilidad, cumplirá, pues le estoy hablando con toda franqueza: no se enamore de mí... Tenga por seguro que es imposible el amor entre nosotros. Aquí tiene mi mano de amiga... ¡Pero no se enamore, se lo suplico!

—Se lo juro —exclamé, apoderándome de su manecita...

—Vaya, vaya, déjese de juramentos, que le creo capaz de inflamarse como la pólvora. No tome a mal lo que le digo. Si usted supiera... Yo tampoco tengo a nadie en quien confiar y a quien pedir un consejo. Naturalmente, no es la calle el sitio más apropiado para buscar consejeros, pero usted es una excepción. Le conozco ya como si llevásemos veinte años siendo amigos... ¿Verdad que no me traicionará?...

—El tiempo se lo demostrará; solo que no sé cómo voy a vivir, aunque sean veinticuatro horas.

—Duerma lo mejor que pueda. Buenas noches, y recuerde que ya me he confiado a usted. Pero ha sido tan hermosa su exclamación de hace un momento: ¡acaso hay que dar cuenta de todos sus sentimientos, hasta de la compasión fraterna! ¿Sabe?, ha sido algo tan bien dicho que al punto me he sentido impulsada a depositar en usted mi confianza...

—Pero, por Dios, dígame ¿qué es lo que tiene que confiarme?

—Hasta mañana. De momento es preferible que guarde el secreto. Tanto mejor para usted: aunque sea a distancia, le parecerá cosa de novela. Quizá se lo revele mañana, pero también puede que no. Antes tendré que conversar con usted, nos conoceremos mejor...

—Pues yo le contaré mañana todo lo referente a mí. Pero ¿qué es esto? ¡Parece que se está operando en mí un milagro! ¿Dónde me encuentro, Dios santo? Dígame, por favor: ¿no se arrepiente de no haberme despedido de su lado desde el principio, y de no haberse enojado conmigo, como hubiera hecho otra? En dos minutos me ha hecho feliz para siempre. ¡Sí, feliz! Quién sabe: es posible que me haya usted reconciliado conmigo mismo, que haya resuelto mis dudas... O acaso sea que, en ocasiones, me entran estas rarezas... Mañana se lo contaré todo, se enterará de todo, de todo...

—Está bien, convenido. Comenzará usted.

—De acuerdo.

—Adiós.

—Adiós.

Nos separamos. Anduve errante toda la noche: no me decidía a volver a mi casa. ¡Era tan dichoso... hasta mañana!

Segunda noche

—¡Vaya, no se ha muerto usted! —me dijo sonriente, estrechándome las dos manos.

—Llevo ya aquí dos horas. No puede figurarse el día que he pasado.

—Lo sé, lo sé... pero, al grano. ¿Sabe para qué he venido? Pues no para hablar a tontas y a locas, como ayer. En lo sucesivo tendremos que obrar con sensatez. Ayer pensé largamente en ello.

—¿Y en qué ha de consistir la sensatez? Por mi parte, estoy dispuesto. Pero creo que en mi vida me ha ocurrido nada más sensato que lo de ahora.

—¿De veras? Bueno; pues, en primer término, le ruego que no me apriete la mano de ese modo; y en segundo, le participo que hoy he pensado mucho tiempo en usted.

—¿Sí? ¿Y cuál ha sido la conclusión?

—¿La conclusión? Pues la conclusión ha sido que hay que comenzar de nuevo porque hoy he caído en la cuenta de que no le conozco en absoluto, de que ayer me porté como una chiquilla y, naturalmente, de todo tuvo la culpa mi buen corazón. Es decir, he terminado haciendo un autoelogio, como suele suceder siempre que nos ponemos a examinarnos nosotros mismos. Para corregir el yerro, he decidido pedir una referencia detallada de usted. Pero como de nadie puedo recibirla, deberá usted contarme todos los pormenores de su vida. ¿Qué clase de hombre es usted? Comience cuanto antes a referirme su historia.

—¡Mi historia! —grité asustado—. ¡Mi historia! ¿Quién le ha dicho a usted que yo tengo historia? ¡No tengo historia alguna!...

—Entonces, ¿cómo ha vivido usted, si no tiene historia? —me interrumpió ella sonriendo.

—Pues sin historias de ninguna clase. He vivido en mi propio cascarón, como suele decirse, o sea, completamente solo. Solo, solo como la una. ¿Entiende lo que quiere decir solo?

—Pero ¿cómo es posible? ¿No veía nunca a nadie?

—Eso no. Ver sí que veo gente, pero estoy solo.

—¿Quiere decir que no habla con nadie?

—En un sentido estricto, con nadie.

—Entonces explíqueme qué clase de hombre es usted. Espere, espere un poco. Ya me parece adivinarlo. Usted, probablemente, tendrá abuela, como yo. La mía es ciega, y en toda mi vida nunca me deja salir, de suerte que casi se me ha olvidado hablar. Hace dos años, al darse cuenta de que no podría tenerme siempre sujeta, porque entonces le jugué una travesura, recurrió a prender mi falda de las suyas con un imperdible, y así nos pasamos, desde entonces, todo el santo día: ella, aunque ciega, haciendo calceta; y yo, a su lado, cosiendo o leyéndole algún libro. Es una rara costumbre, pero hace ya dos años que estoy cosida a sus faldas...

—¡Válgame Dios, qué horror! Pues, por lo que a mí respecta, no tengo abuela.

—Siendo así, ¿cómo puede estarse metidito en casa?

—Oiga, ¿quiere saber quién soy yo?

—Claro, claro.

—¿En el sentido literal de la palabra?

—Desde luego.

—Pues soy un tipo.

—¿Un tipo? ¿Qué clase de tipo? —exclamó ella, exhalando una risotada como si llevara años sin reírse—. ¡Qué divertido es hablar con usted! Mire: ahí tenemos un banco. Sentémonos. Como por aquí no pasa nadie, no nos oirán. Comience su historia. Porque por más que usted lo niegue, tiene su historia, solo que quiere ocultarla. En primer lugar, ¿qué es un tipo?

—¿Un tipo? Pues un tipo es un individuo, original, una persona divertida —respondí, soltando la carcajada tras su explosión de infantil hilaridad—. Es un carácter raro. ¿Sabe usted lo que es un soñador?

—¿Un soñador? ¿Cómo no voy a saberlo, si yo misma soy una soñadora? ¡Qué cosas no se me vendrán a la cabeza cuando estoy sentada junto a mi abuela! Cuando empiezo a soñar, vuelan mis pensamientos, y a veces llego a casarme con un príncipe chino... Sin embargo, en ocasiones es bueno soñar. Aunque, por otra parte, Dios sabrá. Sobre todo si no le faltan a una cosas en que pensar —añadió, esta vez en tono serio.

—¡Estupendo! Si alguna vez se casó con un príncipe chino, me comprenderá perfectamente. Oiga... Pero, permítame: todavía no sé ni cómo se llama usted...

—¡Por fin! Pronto se le ha ocurrido preguntarlo...

—Dios santo, es que ni siquiera se me vino a la cabeza. Me sentía tan a gusto...

—Me llamo Nástenka.[3]

—¿Y nada más?

—Nada más. ¿Le parece poco? Es usted insaciable...

—¿Poco? Al contrario, me parece mucho, mucho, muchísimo. Nástenka, muy buena debe ser usted cuando desde el primer momento ha sido para mí Nástenka.

—¿Lo ve? Bueno, siga.

—Pues verá, Nástenka: escuche esta historia tan divertida.

Me senté a su lado, adopté una postura de pedantesca seriedad y empecé a hablar como quien recita:

—Por si lo ignora usted, Nástenka, hay en Petersburgo rincones bastante peregrinos, a los cuales no parece asomarse el mismo sol que alumbra a los demás vecinos de la ciudad, sino otro distinto, como fabricado ex profeso para estos recovecos, que lo alumbra todo con una luz diferente, muy especial. En dichos rincones, amable Nástenka, se desarrolla otra especie de vida, nada semejante a la que hierve a nuestro alrededor y que podría transcurrir en el reino de Maricastaña, pero no aquí ni en esta época tan seria. Es una mescolanza de algo puramente fantástico, apasionadamente ideal, y, al mismo tiempo, ¡ay, Nástenka!, de algo turbiamente prosaico y vulgar, por no decir increíblemente chabacano.

—¡Fu! ¡Válgame Dios, qué preámbulo! ¿Qué es lo que vendrá después?

—Lo que vendrá después, Nástenka (creo que nunca me cansaré de llamarla así), lo que vendrá después es

3. Diminutivo de Anastasia.

que en esos rincones viven unos hombres peregrinos: los soñadores. El soñador (si es que se necesita su definición exacta) no es un hombre, sino algo así como una criatura del género neutro. Suele aposentarse en un rincón inaccesible, como oculto hasta de la luz diurna, y cuando se retrae en su escondrijo parece adherirse a él como el caracol o, al menos, se asemeja muchísimo a ese curioso engendro que es a la vez animal y casa y que se llama tortuga. ¿Por qué cree usted que el soñador ama tanto sus cuatro paredes, invariablemente pintadas de verde, ahumadas, tristes y con un insufrible olor a tabaco? ¿A qué se debe que este ridículo caballero, cuando acude a visitarle alguno de sus rarísimos conocidos (los cuales acaban por abandonarlo también), a qué se debe, digo, que este grotesco individuo le reciba tan aturdido y tan desconcertado que hasta cambia de semblante, como si acabase de cometer entre sus cuatro paredes algún delito o como si se dedicase a fabricar moneda falsa o a escribir versos para enviarlos a una revista con un mensaje anónimo, diciendo que el auténtico poeta ha fallecido y que su amigo considera un deber sagrado publicar sus poesías? ¿Por qué, Nástenka, es tan difícil que se trabe el diálogo entre los dos interlocutores? ¿Por qué ni la lengua ni los labios del visitante recién llegado, que en otras ocasiones ríe, y es amigo de bromas, y de hablar del bello sexo y de otros temas alegres, emiten una risa ni una sola palabra jovial? ¿Cuál es la causa, finalmente, de que este amigo, quizá conocido desde hace poco, se sienta desconcertado en la primera visita (porque no habrá segunda, ya que el amigo no volverá), y se confunda tanto, pese a su ingeniosidad (si es que la tiene), desconcierto y confusión producidos al ver la desmantelada cara del anfitrión que, a su vez, está ya confuso y descentrado después de haber hecho esfuerzos tan sobrehumanos como inútiles para animar la conversación y mostrarse conocedor de las normas de urbanidad, sacando también a relucir el bello sexo y procurando, con su oficiosidad, agradar al infeliz que se ha equivocado de puerta y que, por equivocación, ha venido a verle? ¿Por qué, finalmente, el visitante recoge de pronto su sombrero y sale a escape, acordándose de improviso de un asunto urgentísimo, que jamás ha existido, y liberta a la carrera su mano de los calurosos apretones de la del dueño de la casa, empeñado en patentizar su arrepentimiento y en reparar lo irreparable? ¿Por qué el amigo que se va suelta la carcajada al cerrar la puerta tras de sí y jura no volver a visitar a aquel sujeto extravagante, aunque el extravagante sea, en el fondo, una bellísima persona? ¿Y por qué, al mismo tiempo, no puede negar a su imaginación el pequeño capricho de comparar, aunque solo sea remotamente, la fisonomía de su reciente interlocutor con la de un infeliz gatito que, manoseado, asustado y maltratado por unos chiquillos, en cuyas manos ha caído a causa de una pérfida trampa, se refugia bajo una silla, en la oscuridad, y tiene que pasarse una hora con el morrillo encrespado, bufando para ahuyentar a sus sitiadores y lavándose con ambas manos el estropeado hocico, después de lo cual mira con hostilidad a la naturaleza y a la existencia e incluso a las sobras de la mesa de los señores, que ha guardado para él la compasiva ama de llaves?

—Oiga —me interrumpió Nástenka, que me escuchaba sorprendida, abiertos los ojos y la boquita—. No me explico a qué se debe todo eso y por qué me hace precisamente a mí tan ridículas preguntas. Lo que sí sé de cierto es que todas esas aventuras le han acontecido a usted.

—Sin duda alguna —respondí con la expresión más seria.

—Pues si no hay duda de ello, continúe, que tengo unas ganas locas de saber en qué va a parar todo eso.

—¿Quiere usted saber, Nástenka, qué hizo nuestro héroe en su rincón o, mejor dicho, qué hice yo, puesto que el protagonista es mi modesta persona? ¿Le interesa conocer por qué me alteré tanto y por qué me desconcertó por un día entero la inesperada visita de un amigo? ¿Desea saber por qué me aturdí tanto, por qué enrojecí cuando se abrió la puerta de mi cuarto, por qué no tuve tacto para recibir a mi huésped y por qué sucumbí de manera tan bochornosa bajo el peso de mi propia hospitalidad?

—Claro, claro que sí —respondió Nástenka—. Precisamente eso es lo que deseo. Es usted un magnífico narrador, pero ¿no sería posible contarlo sin tanta pomposidad? Porque habla usted como quien lee un libro.

—¡Nástenka! —exclamé con voz solemne y grave, reprimiendo la risa a duras penas—. Amable Nástenka: ya sé que lo cuento pomposamente, pero lamento no saber narrar de otra manera. Me parezco, amable Nástenka, al espíritu del rey Salomón, que permaneció mil años encerrado en el cofre de los siete precintos y al que, a la postre, se los quitaron todos. Ahora, amable Nástenka, al reunirnos después de tan larga separación (porque yo la conocía a usted, Nástenka, desde hace tiempo, ya que buscaba a alguien, y ello es signo de que la buscaba precisamente a usted y de que el destino tenía prescrito que nos encontrásemos), en mi cabeza se han abierto miles de válvulas, y he de derramar un río de palabras si no quiero ahogarme. Por consiguiente, le ruego que no me interrumpa y que me escuche paciente y sumisa, pues de lo contrario me callaré.

—¡No, no, no! ¡De ningún modo! ¡Hable! De aquí en adelante no pronunciaré una sola palabra.

—Continúo. Hay en mi jornada, amable amiga Nástenka, una hora que amo extraordinariamente. Es aquella en que se terminan casi todos los negocios, los trabajos y las obligaciones, y en que todos se marchan a sus hogares a comer, a tumbarse un rato para descansar, y por el camino van haciendo alegres proyectos para la tarde, para la noche y para todo el tiempo libre que les queda. A esa hora, también nuestro héroe (permítame, Nástenka, que hable en tercera persona, ya que hacerlo en primera da una vergüenza horrible), digo que nuestro héroe, que tampoco ha estado mano sobre mano, sigue el mismo camino que los demás. Sin embargo, una extraña sensación de contento juguetea en su rostro, pálido y un tanto demacrado. Contempla intrigado los resplandores del ocaso que se extinguen lentamente en el frío cielo de Petersburgo. Al decir «contempla», miento: no contempla; mira sin darse cuenta de nada, como fatigado o abstraído por algún otro objeto más interesante, de suerte que solo de pasada, casi involuntariamente, puede percatarse de lo que le rodea. Está satisfecho porque hasta el día siguiente no tendrá que ocuparse de *asuntos* molestos, y se siente alegre como un chiquillo al que han dado suelta del colegio para que se entregue a sus travesuras y juegos preferidos. Mírelo de perfil, Nástenka: notará usted al punto que la sensación de contento ha repercutido ya favorablemente en sus débiles nervios y en su fantasía, enfermizamente excitada. Ha quedado pensativo. ¿Cree usted que piensa en el almuerzo o en la velada de la tarde? ¿Qué es lo que mira con tanta fijeza? ¿Mira a ese caballero de majestuoso continente que, de manera tan pintoresca, ha hecho una reverencia a la dama que ha pasado junto a él en aquella fantástica carroza, tirada por raudos caballos? No, Nástenka; ¡qué le importan en este momento a él tales minucias! Ahora le hace ya rico *su propia* existencia; ha enriquecido súbitamente, y el último rayo del sol del ocaso no ha brillado en vano con tanta viveza ante él, suscitando en su calenturiento corazón todo un enjambre de impresiones. Ahora ya apenas repara en aquel camino donde, anteriormente, la más pequeña nimiedad le causaba asombro. Ahora, la «reina de la fantasía» (si es que ha leído usted a Zhukovski, amable Nástenka) ha tejido ya, con caprichosa mano, su cendal de oro, y ha ido a desplegar ante él las estampas de una vida inexistente y fantástica, y, ¿quién sabe?, puede que le haya transportado, con su mano caprichosa, hasta el séptimo cielo desde la soberbia acera de granito por la que va de regreso. Pruebe a detenerlo ahora y a preguntarle dónde se halla y qué calles ha recorrido. De fijo que no recordará ni los lugares por donde ha pasado ni sabrá dónde se encuentra; enrojeciendo de enojo, mentirá para guardar las formas. Por eso es por lo que se ha estremecido, por lo que ha estado a punto de gritar del susto y por lo que ha mirado en derredor suyo cuando una anciana respetabilísima le ha detenido cortésmente en la acera y le ha preguntado qué camino ha de seguir, pues se ha extraviado. Frunciendo el ceño contrariado, nuestro héroe sigue adelante, sin apenas darse cuenta de que más de un transeúnte ha sonreído al verle y le ha seguido con la vista, y de que alguna niña, después de cederle medrosa el paso, se ha echado a reír de buena gana mirando con ojos muy grandes la amplia sonrisa contemplativa y los ademanes de nuestro héroe. Pero la misma fantasía ha envuelto en sus traviesas alas a la vieja, y a los transeúntes curiosos, y a la risueña chiquilla, y a unos mujiks que buscan solaz en sus barcas, de las que está lleno el río Fontanka (supongamos que nuestro héroe pasa junto a él en este momento); juguetona y bromista, los ha bordado a todos en su cañamazo, atrayéndolos como la araña a la mosca; y con su nueva adquisición, nuestro chusco ha entrado ya en su placentero cuchitril; ya se ha sentado a almorzar; ya hace tiempo que ha almorzado, y despierta únicamente cuando la meditabunda y siempre triste Matriona, su sirvienta, ha recogido ya la mesa y le ha ofrecido la pipa; y al despertarse recuerda, sorprendido, que hace ya un buen rato que ha almorzado sin que se haya dado cuenta de cómo lo ha hecho. La oscuridad se ha apoderado del cuarto; siente el alma triste y vacía; todo un reinado de ilusiones se ha venido por tierra en torno suyo sin dejar rastro, sin fragor ni ruido; se ha disipado como un sueño, y él mismo no recuerda lo que ha soñado. Pero una sensación imprecisa le produce en el pecho cierto dolor y agitación; un ignoto deseo hurga y excita, seductor, su fantasía, suscitando imperceptiblemente toda una legión de nuevos espectros. Impera el silencio en su minúsculo aposento; la soledad y la pereza acarician su imaginación, que se inflama ligeramente hasta hervir como el agua en la cafetera de la vieja Matriona, la cual anda trajinando sin prisas allí cerca, en la cocina, donde prepara su café de recuelo. Ya se entrecorta la imaginación en repentinos accesos; ya el libro, tomado al azar y sin propósito fijo, cae de las manos de mi soñador que no ha llegado ni a la tercera página. Su fantasía vuelve a ponerse en marcha, excitada, y, de súbito, un mundo nuevo, una nueva vida fascinadora, torna a resplandecer ante él con fulgurante perspectiva. Nuevo sueño, nueva dicha, nueva dosis de droga voluptuosa y refinada. ¡Qué vale para él la vida real! Según su cautivo juicio, usted y yo arrastramos una existencia perezosa, lenta y huera, y todos estamos descontentos de nuestra gente y atormentados por nuestra vida. La verdad es que, a primera vista, todo es frío, lúgubre y como hostil entre nosotros. «¡Infelices!», piensa mi soñador. Y nada tiene de particular que así razone. Fíjese en las deslumbrantes visiones que con tan intenso encanto, con tan caprichosa fantasía y con tan insondable inmensidad se ofrecen a su vista en un cuadro mágico y animado, en cuyo primer plano aparece, como máximo protagonista, él mismo, nuestro soñador en persona. ¡Qué sucesión de aventuras le ocurren, qué enjambre de sublimes ilusiones le asalta! Usted preguntará qué es lo que sueña. ¡Pues qué va a soñar! Sueña en todo: en la suerte del poeta, irreconocido al principio y coronado de laurel después; en la amistad con Hoffmann; en la noche de San Bartolomé; en Diana Vernon; en la heroica actuación de Iván Vasílievich durante la toma de Kazán; en Clara Moebray; en Eutia Dens; en Juan Hus ante el Concilio; en la resurrección de los muertos, en *Roberto* (¿recuerda la música? ¡Huele a cementerio!); en Minna y en Brenda; en la batalla del Bereziná; en un recital de poesía en casa de la condesa V. D.; en Danton; en *Cleopatra e i suoi amanti*;[4]

4. Diana Vernon, Clara Moebray, Eutia Dens: personajes de las nuevas novelas de Walter Scott Rob Roy, *Las aguas de Saint-Ronan* y *La cárcel de Edimburgo*. – Iván Vasílievich: zar ruso, llamado

en una casita del barrio de Kolomna, donde se encuentra su rincón, y, junto a él, una primorosa criatura que le escucha en una tarde de invierno, con la boquita y los ojitos abiertos, como usted me está escuchando ahora, ángel mío... No, Nástenka: ¿qué interés puede tener para él, un ocioso sibarita, aquella vida que tanto anhelamos usted y yo? La cree una existencia pobre y miserable, sin percatarse de que alguna vez le llegará también a él la hora aciaga en que por un solo día de esta vida miserable estaría dispuesto a cambiar todos sus años fantásticos; y no lo cambiará por alegría ni por dicha, pues no querrá ni elegir en aquella hora de tristeza, de arrepentimiento y de indecible amargura. Sin embargo, hasta tanto llega la época adversa, nuestro soñador no desea nada: está por encima de los anhelos porque lo tiene todo, porque está saturado, porque es el artífice de su propia vida y la crea a cada hora según su capricho. ¡Qué fácil y qué natural es crear ese mundo fabuloso y fantástico! Tanto, que no parece una visión. Él está dispuesto a creer en ocasiones que esa vida artificiosa no representa una excitación de los sentidos, un espejismo, un engaño de la imaginación, sino que es realidad, esencia pura. ¿Por qué, Nástenka, por qué en tales momentos se comprime el espíritu? ¿Por qué arte de magia y por qué ignoto imperativo se acelera el pulso del soña-

---

«Iván el Terrible» (1530-1584). – Roberto: *Roberto el Diablo* (1831), ópera del compositor Jakob Meyerbeer. – «Minna», poesía de Zhukovski (1783-1852); *Brenda*, balada de I. I. Kozlov (1779-1840), obras del ciclo romántico. – Batalla del Bereziná: noviembre de 1812, contra las tropas de Napoleón. – Condesa V. D.: Alexandra Kirillovna Vorontsova-Dáshkova (1818-1856). – *Cleopatra e i suoi amanti*: uno de los temas propuestos a un improvisador italiano en *Noches egipcias*, de Pushkin.

dor, brillan las lágrimas en sus ojos, arden sus mejillas, pálidas y humedecidas, y todo su ser se siente invadido de un placer incontenible? ¿A qué se debe que las noches de insomnio transcurran como un instante, en medio de un gozo y de una dicha inextinguible, y que cuando la aurora brilla con sus rosados rayos en los cristales y el alba ilumina el sórdido aposento con su luz imprecisa y bruja, como sucede en nuestro Petersburgo, el soñador, exhausto y rendido, caiga sobre el lecho y se adormezca con la sensación de morir del placer que embarga su alma enfermiza y conmovida, con un dolor penoso y dulce en el corazón? Sí, Nástenka: el engaño se consume, y uno llega a creer que una pasión auténtica y genuina agita su alma, que en sus quiméricas y estériles ilusiones hay algo de real y de tangible. Pero ¡qué engaño el suyo! El amor, por ejemplo, penetra en su pecho con toda su alegría inacabable y con todos sus angustiosos tormentos... Solo que obsérvelo y se convencerá: ¿querrá usted creer, amable Nástenka, que nuestro soñador no ha conocido jamás a la que tanto ha amado en su delirante visión? ¿Es creíble que solo la haya visto en las fascinadoras estampas de su fantasía y que esta pasión haya sido tan solo producto de un sueño? ¿Cabe admitir que no hayan recorrido juntos tantos años de existencia cogidos de la mano, renunciando ambos al mundo entero y uniendo cada uno su mundo y su vida al mundo y a la vida del otro? ¿No era ella la que, en hora tardía, en el momento de la separación, se apoyaba, sollozante y angustiada, sobre el pecho de él, sin reparar en la tempestad desencadenada en el riguroso cielo, ni oír el aullido del viento que le arrancaba las lágrimas de sus negras pestañas? ¿Acaso era un sueño hasta el jardín melancólico, solitario y abandonado, con los senderos cubiertos de musgo, desierto, lúgubre, donde tantas veces pasearon, forjaron ilusiones, sufrieron añoranzas y se amaron el uno al otro tanto tiempo, «tan larga y dulcemente»? ¿Y también la extraña y vetusta mansión en la que vivió ella tanto tiempo en soledad y melancolía con el viejo y adusto marido, siempre taciturno y bilioso, que atemorizaba a los amantes, quienes, como niños tímidos, recataban, medrosos, su amor, ocultándolo el uno al otro? ¡Cómo se atormentaban ellos, qué miedo el suyo, cuán puro e inocente era su amor y (¡por supuesto, Nástenka!) qué malvada era la gente! Y, ¡santo Dios!, ¿no la encontró él, al cabo del tiempo, lejos de la patria, bajo un cielo extraño, meridional y caluroso, en la divina ciudad eterna, durante un fastuoso baile y al son de la música, dentro de un *palazzo* (necesariamente en un *palazzo*) sumido en un mar de luces? ¿No fue en aquel balcón orlado de mirtos y de rosas donde ella, al reconocerle, se apresuró a quitarse el antifaz y, murmurando: «¡Soy libre!», se arrojó temblorosa en sus brazos? ¿No lanzaron los dos un grito de júbilo y, apretados el uno contra el otro, olvidaron al punto las penas, y la separación, y los tormentos, y la lúgubre mansión, y al viejo, y el umbroso jardín de la patria lejana, y el banco donde, después del último y apasionado beso, se desprendió ella de los brazos de él, transido de desesperación? Convenga usted, Nástenka, en que es muy natural que uno se estremezca, se turbe y se ponga más colorado que un colegial sorprendido en el momento en que se mete en el bolsillo una manzana robada en huerto ajeno, cuando un mozo larguirucho, sanote, dicharachero y travieso abre la puerta de pronto, de la manera más imprevista, y grita como si nada: «¡Hermano, acabo de llegar de Pávlovsk!». ¿Se da usted cuenta? Ha muerto el anciano conde; se acerca el momento de la felicidad inefable; y, de buenas a primeras, ¡se presenta uno que viene de Pávlovsk!

Callé patéticamente, dando fin a mis exclamaciones. Recuerdo que tenía unas ganas locas de prorrumpir en una carcajada, al notar que en mi interior se removía un malicioso diablillo, que mi garganta comenzaba a obstruirse, que me temblaba la barbilla y que mis ojos iban humedeciéndose... Esperaba que Nástenka, entreabriendo sus inteligentes ojitos, soltase una risotada infantil, incontenible y jovial; y yo me estaba arrepintiendo de haber llegado tan lejos, de haberle manifestado lo que llevaba tanto tiempo en el corazón y que podía exponer como quien lee un libro, porque hacía tiempo que había preparado mi propia sentencia; pero no pude reprimir el ansia de leerla, aunque, a decir verdad, no esperaba ser comprendido. Sin embargo, para sorpresa mía, ella guardó un breve silencio, al cabo del cual me apretó la mano levemente y me preguntó con recatada simpatía:

—¿Y así ha pasado usted toda su vida?

—Toda, Nástenka —respondí—. Toda mi vida, y creo que así la terminaré.

—No, no debe ser así —repuso ella con inquietud—. No debe ser, y no será. De ese modo, probablemente, yo también habría de estar toda mi vida pegada a las faldas de mi abuela. ¿Sabe usted que no resulta grato vivir así?

—Claro que lo sé, Nástenka, claro que sí —exclamé, incapaz de contener mis sentimientos por más tiempo—. Y ahora sé más que nunca: sé que he perdido mis mejores años sin pena ni gloria. Lo reconozco ahora, y me duele más que nunca, porque el propio Dios me la ha enviado a usted, dulce ángel mío, para que me lo diga y me lo demuestre. En este momento, sentado y conversando con usted, me da miedo ya pensar en el futuro, pues el futuro significa la vuelta a la soledad, el retorno a aquella vida tediosa e inútil. Y además, ¡qué voy a soñar cuando no en sueños, sino despierto, he sido tan feliz a su lado! ¡Bendita sea usted, amable amiga, por no haberme rechazado desde el primer momento y porque ahora ya puedo decir que he vivido dos noches en mi vida!

—¡Oh, no, no! —exclamó Nástenka, y las lágrimas brillaron en sus ojos—. Eso no debe repetirse. Así no podemos despedirnos. ¿Qué son dos noches?

—¡Oh, Nástenka, Nástenka! No puede imaginarse por cuánto tiempo me ha reconciliado conmigo mismo. ¿Sabe que en lo sucesivo no tendré de mí tan mala opinión como tengo en algunas ocasiones? ¿Sabe que tal vez no me vuelva a invadir la angustia de pensar que he cometido un delito y un pecado viviendo, puesto que una vida como la mía es un pecado y un delito? No crea que he exagerado nada. Por Dios, no tenga esa impresión, Nástenka, porque hay momentos en que me embarga tal pesar y tal congoja, que comienza a parecerme que siempre seré incapaz de vivir una auténtica vida, pues creo haber perdido todo tacto y toda intuición de lo genuino y de lo real, y porque he acabado maldiciéndome a mí mismo, ya que después de mis noches visionarias tengo momentos de serenidad que resultan espantosos. Y mientras tanto oigo en torno mío el fragor y el torbellino de la vida; oigo y veo cómo viven los demás en la realidad; compruebo que su existencia no se ajusta a un patrón determinado, que no se disipa como un sueño o como una visión, que se renueva constantemente, que goza de una eterna juventud y que ni una sola de sus horas se asemeja a otra, mientras que la timorata fantasía es aburrida y monótona hasta la vulgaridad, esclava de la sombra, de la idea, de la primera nube que vele el firmamento y acongoje a un verdadero corazón de Petersburgo, tan celoso de su sol. ¡Y qué fantasía encierra la congoja! Nota uno que, a la postre, esta fantasía *inagotable* acaba por fatigarse, por extinguirse en virtud de la perenne tensión en que se halla, pues, al fin y al cabo, uno va madurando y supera los ideales anteriores, que se reducen a polvo y a escombros; y cuando se carece de otra vida, tiene uno que edificarla con esos mismos escombros. Mientras tanto, el alma reclama y exige algo distinto. En vano se esfuerza el soñador buscando en el rescoldo de sus antiguos sueños alguna brasa que soplar para reavivar el fuego de su enfriado corazón y resucitar en él todo lo que tanto le seducía en tiempos, lo que le conmovía el alma, lo que le enardecía la sangre, lo que arrancaba lágrimas a sus ojos y lo que con tanto fausto le engañaba. ¿Sabe usted hasta dónde he llegado yo, Nástenka? ¿Sabe que me veo obligado a celebrar los aniversarios de mis sensaciones, de lo que tan grato me era anteriormente, es decir, de lo que, en esencia, nunca existió (pues en estos aniversarios se conmemoran las mismas quimeras necias y estériles), y que debo hacerlo porque ya no existen ni siquiera esas estúpidas ilusiones, pues no hay con qué mantenerlas? Tenga en cuenta que también las ilusiones necesitan aliento. ¿Sabe que me gusta evocar y visitar en ciertas épocas los lugares donde fui feliz a mi manera, que tiendo a adaptar mi presente a un pasado irreversible y que a menudo yerro como una sombra, sin necesidad y sin rumbo, triste y melancólico, por las callejas y las calles de Petersburgo? ¡Qué recuerdos! Se me viene a la memoria, por ejemplo, que en tal punto, en la misma fecha y a la misma hora, deambulaba por la acera un año antes, igualmente solo y con la misma tristeza que ahora. Se acuerda uno de que también entonces eran tristes sus sueños; y aunque no fueran mejores aquellos tiempos, me parece experimentar la sensación de que la vida se hacía más llevadera y más tranquila y que no gravitaban sobre mí las negras ideas que ahora me persiguen, que no sentía entonces los lúgubres y sombríos remordimientos de conciencia que ahora me quitan el sosiego día y noche. Uno se pregunta: «¿Qué ha sido de tus sueños?», y, moviendo la cabeza, comenta: «¡Cómo vuelan los años!». Luego vuelve a preguntarse: «¿Qué has hecho con tus años?, ¿dónde has sepultado tus mejores tiempos?, ¿has vivido, o no?». Y se responde a sí mismo: «Observa y verás cómo el frío se apodera del mundo. Con el correr de los años vendrá la lúgubre soledad, la temblorosa vejez con su cayado, y tras ellas la tristeza y el pesar. Palidecerá tu fantástico mundo, y tus sueños, mustios y marchitos, caerán como las hojas amarillas de los árboles...». ¡Oh, Nástenka! ¡Qué doloroso será quedarse solo, absolutamente solo, y no tener siquiera algo que deplorar, no tener nada, lo que se dice nada, porque todo cuanto uno perdió era nulo, necio, cero, pura ilusión...!

—¡Por favor, no me martirice más! —suplicó Nástenka, enjugándose una lágrima que había brotado de sus ojos—. Ahora ha terminado todo. En lo sucesivo estaremos juntos: pase lo que pase, nunca nos separaremos. Escúcheme: soy una muchacha sencilla, de poca instrucción, aunque mi abuela me puso profesor; pero, la verdad: le entiendo porque todo cuanto acaba de decirme lo he sufrido yo misma a partir del momento en que mi abuela me prendió de su falda. Naturalmente, a mí no me saldría un relato tan hermoso como el que usted ha hecho, porque me faltan estudios —agregó cohibida, pues el énfasis de mi discurso y la grandilocuencia de mi estilo seguían infundiéndole cierto respeto—. Pero estoy muy contenta de que se me haya franqueado por completo. Ahora le conozco ya; le conozco a fondo. ¿Y sabe lo que le digo? Que quiero referirle también mi historia, del principio al fin y sin ocultarle nada. Después le pido que me dé un consejo, pues le tengo por una persona muy inteligente. ¿Me promete que me lo dará?

—¡Ay, Nástenka! —respondí—. Nunca he sido consejero, y mucho menos un consejero inteligente; pero está visto que si hemos de vivir siempre así será lo más discreto, y nos daremos el uno al otro infinidad de consejos prudentes. Dígame, encantadora Nástenka: ¿qué consejo necesita? Dígamelo al instante; me siento ahora tan jovial, tan dichoso, tan audaz y tan discreto que no se me trabará la lengua.

—¡No, no! —me interrumpió ella, riendo—. Lo que necesito no es un consejo prudente, sino un consejo sincero, fraternal, como si me hubiese amado usted toda la vida.

—Muy bien, Nástenka, muy bien —exclamé entusiasmado—; pero tenga por seguro que si yo la hubiese amado veinte años, no por eso la amaría más que ahora.

—¡Deme la mano!

—Aquí la tiene —obedecí.

—Comencemos, pues, mi historia.

Historia de Nástenka

—Ya conoce usted la mitad de mi historia: es decir, sabe que tengo una abuela vieja...

—Si la otra mitad es tan breve como esta... —la interrumpí, y me eché a reír.

—Calle y escuche. Ante todo hemos de convenir una cosa: no me interrumpa usted, porque puedo confundirme. De modo que escuche tranquilo. Ya le he dicho que tengo una abuela. Me recogió siendo yo muy pequeña, al morir mis padres. Es de suponer que fuese más rica que ahora, porque recuerda mejores días. Ella misma me enseñó a hablar francés y después me puso un profesor. Cuando cumplí los quince años (ahora tengo diecisiete), dejé de estudiar. Fue a partir de entonces cuando comencé a cometer travesuras. No le diré en qué consistieron; bástele saber que, por una falta leve, mi abuela me llamó una mañana y, alegando que a causa de su ceguera se hallaba imposibilitada de vigilarme, cogió un imperdible y prendió mi falda a la suya, anunciándome que así nos pasaríamos la vida entera si yo no me enmendaba. Total, que en los primeros tiempos no había manera de apartarse de ella: tenía que trabajar, que leer y que estudiar pegadita a sus faldas. Una vez quise valerme de una argucia, haciendo que Fiokla, una sirvienta sorda que tenemos, ocupase mi puesto. Así lo hice. Mi abuela se durmió en el sillón, y yo me fui a visitar a una amiga, a poca distancia de mi casa. Pero la jugada había de acabar mal. La vieja se despertó y preguntó no sé qué, dando por seguro que me tenía a su lado. Fiokla, al verla preguntar algo que ella no oía, después de mucho pensarlo soltó el imperdible y salió corriendo...

Al llegar aquí, Nástenka se detuvo y soltó una carcajada; pero al ver que yo también me reía, se detuvo inmediatamente:

—Oiga, no se ría de mi abuela. Yo me río porque la cosa tiene gracia: qué va una a hacerle, si la abuela tiene esas rarezas, mas no por esto dejo de tenerle cariño. Bueno, figúrese lo que me tocó pasar: me volvió a sujetar a ella, y ya no podía ni moverme. He olvidado decirle que nosotras, o mejor dicho, mi abuela, tiene una casa, es decir, una casita pequeña, de madera, con solo tres ventanas, y tan vieja como la dueña. Es de dos plantas, y para la segunda nos salió un nuevo inquilino...

—¿Quiere decirse que hubo otro antes? —pregunté como de pasada.

—Naturalmente que sí —respondió Nástenka—. Por cierto que sabía callar mejor que usted. Créame, apenas despegaba los labios. Era un vejete flaco, mudo, ciego y cojo. Con tantas calamidades encima, nada tiene de extraño que se le hiciera imposible seguir en este mundo y que no tardara en morirse. Necesitábamos un nuevo inquilino porque, sin alquilar el piso de arriba, la pensión de mi abuela no nos llegaba para vivir. El nuevo inquilino, como a propósito, era un joven forastero.

No regateó. Mi abuela quedó de acuerdo con él y después me preguntó: «¿Es joven nuestro inquilino, Nástenka?». No quise mentirle, y contesté: «No es que sea muy joven, abuela, pero tampoco es un viejo». «¿Y es bien parecido?», volvió a preguntarme. Tampoco entonces quise engañarla: «Sí, es de buena apariencia». Ella se entristeció: «¡Ay, qué castigo, qué castigo! Te lo he preguntado, para advertirte, no vayas a prendarte de él. Es que vivimos unos tiempos... Ya ves: un inquilino de mala muerte y, sin embargo, tiene un aspecto distinguido. Antes no sucedía eso».

»La abuela todo lo medía por el rasero de sus tiempos: ella era más joven, el sol calentaba mejor, la nata no se agriaba tan pronto... ¡Todo era mejor! Yo, sentada y en silencio, decía para mis adentros: "¿Por qué la propia abuela me abrirá los ojos preguntándome si el inquilino es joven y bien parecido?". Fue un pensamiento fugaz y sin trascendencia. Seguí contando los puntos de la calceta que estaba haciendo y lo olvidé pronto.

»Una buena mañana se presentó el inquilino para recordarnos que se le había prometido empapelarle la habitación. La abuelita, que habla por los codos, se enredó de conversación con él y me dijo: "Nástenka, ve al dormitorio por el ábaco". Obedecí diligente, enrojeciendo por no sé qué razón, y olvidé que estaba prendida a la falda de ella. Del tirón que di, arrastré el sillón de la abuela. Al darme cuenta de que nuestro vecino lo había visto todo, me puse como la grana. Me quedé como clavada en el sitio y rompí a llorar repentinamente: ¡Me dio tal vergüenza y sentí tal amargura que hubiera preferido que me hubiese tragado la tierra. "¿Qué haces ahí parada?", me gritó la abuela, y yo me azoré más todavía. Por fin, el inquilino, al notar la vergüenza que estaba pasando, saludó y se fue.

»Desde entonces, apenas oía un rumor en el zaguán me quedaba como muerta. Pensando que sería él, desprendía a hurtadillas el imperdible, pero no era él. Transcurrieron dos semanas. Nuestro vecino mandó una vez a Fiokla para decirnos que tenía muchos libros en francés y que podría prestárnoslos para que yo se los leyera a mi abuela a fin de distraerla. La abuela aceptó agradecida; lo único que preguntó fue si no se trataba de libros inmorales, ya que, de ser así, era preferible que yo no los leyese y evitaría aprender cosas malas.

»—¿Y qué es lo que puedo aprender de malo en ellos, abuela? ¿Qué dicen esos libros?

»—Pues describen cómo los hombres seducen a las muchachas decentes; cómo, con la promesa de casarse con ellas, se las llevan del hogar paterno; cómo, después, abandonan a las infelices a su propia suerte para que perezcan de la manera más lamentable. Yo he leído muchos libros de esa clase, y todo está tan bien descrito, que se pasa una la noche embebida en su lectura. Pero tú, Nástenka, no los leas. ¿Qué libros ha enviado?

»—Novelas de Walter Scott, abuelita.

»—Novelas de Walter Scott... ¿Y no habrá en ellas alguna trampa oculta? Mira, no vaya a haber colocado entre las páginas alguna esquela amorosa.

»—No, abuela, no hay esquela alguna.

»—Pues mira entre el lomo y las cubiertas. A veces, esos taimados bandoleros las meten ahí.

»—No, tampoco hay nada.

»—Bueno, tanto mejor.

»Nos pusimos a leer los libros de Walter Scott, y en cosa de un mes dimos cuenta de casi la mitad. Después nos mandó otras obras, entre ellas algunas de Pushkin, de suerte que, por último, se me hacía muy difícil vivir sin libros y dejé de soñar con casarme con un príncipe chino.

»Así las cosas, en cierta ocasión me tropecé en la escalera con nuestro inquilino cuando me dirigía a cumplir un recado de mi abuela. Él se detuvo, yo enrojecí y él también; no obstante, sonrió, me saludó, se interesó por la salud de ella y me preguntó: "¿Qué tal los libros? ¿Los ha leído usted?". Respondí que sí. "¿Y qué es lo que más le ha gustado?", volvió a preguntar. Le contesté que *Ivanhoe* y Pushkin, y allí acabó la conversación.

»Una semana después nos encontramos de nuevo en la escalera. Esta vez no me había mandado mi abuela, sino que era yo la que necesitaba algo. Habían dado las dos, hora en que él solía regresar. "Buenas tardes", me saludó; y yo le respondí: "Buenas tardes".

»—¿No se aburre de estar todo el día pegada a las faldas de su abuela? —me preguntó.

»No sé por qué sería, pero al oír su pregunta volví a ponerme colorada, me dio vergüenza y sentí una gran contrariedad al notar que los extraños comenzaban ya a preguntarme tales cosas. De buena gana me hubiera alejado, pero me faltó valor.

»—Es usted una buena chica —continuó él—. Perdóneme que le hable de este modo, pero le aseguro que le deseo mejor suerte que su abuela. ¿No tiene usted ninguna amiga a quien pudiera ir a visitar?

»Respondí que no, pues la única que tenía, Máshenka, se había marchado a Pskov.

»—¿Y no querría usted ir conmigo al teatro?

»—¿Al teatro? ¿Y mi abuela?

»—Iríamos a escondidas de ella...

»—No —repliqué—. No quiero engañarla. Adiós.

»—Adiós —se despidió él, y no dijo nada más.

»Pero después de almorzar bajó a nuestra casa. Tomó asiento, charló un buen rato con mi abuela, preguntándole si salía de vez en cuando a alguna parte y si tenía amistades. Y de pronto dijo:

»—Pues yo he tomado un palco para esta noche en la ópera. Interpretan *El barbero de Sevilla*. Unos conocidos míos pensaban ir, pero a última hora no han podido y me queda una localidad de sobra.

»—¡*El barbero de Sevilla!* —exclamó mi abuela—. ¿Será el mismo que ponían antiguamente?

»—Claro que es el mismo —afirmó él, y me lanzó una mirada significativa.

»Yo, que me había percatado de todo, enrojecí hasta la raíz del cabello, y el corazón se puso a darme saltos en el pecho lleno de inquietud.

»—¡Lo conozco muy bien, cómo no! —dijo mi abuela—. En otros tiempos llegué a cantar la parte de Rosina en un teatro de aficionados.

»—¿Y si fuera usted hoy? —insinuó el inquilino—. Tengo una localidad que se pierde.

»—Bueno, pues iremos —accedió ella—. ¿Por qué no? A propósito, Nástenka no ha ido nunca al teatro.

»¡Válgame Dios, qué alegría! Nos preparamos en un santiamén y nos marchamos. Aunque ciega, mi abuela tenía ganas de oír la música, y por otra parte, como es muy buena, quería, principalmente, que yo disfrutara, aunque, a no ser por aquella invitación, nunca hubiéramos ido por nuestra cuenta. Me siento incapaz de explicarle la sensación que me produjo *El barbero de Sevilla*. Solo le diré que en toda la velada el inquilino me miró con tal atención y me habló con tanta delicadeza, que comprendí que había tratado de probarme al mediodía, cuando me propuso que fuera con él sola. ¡Qué satisfacción la mía! Me acosté tan ufana y contenta, y el corazón me latía con tanta violencia que me dio un poco de fiebre, y toda la noche estuve delirando y viendo en sueños *El barbero de Sevilla*.

»Supuse que a partir de entonces el inquilino nos visitaría con más frecuencia, pero me equivoqué. Dejó de venir casi por completo. Aparecía una vez al mes, solo para invitarnos al teatro. Fuimos con él otro par de veces. Pero su actitud me desagradaba ya: comprendí que lo único que sentía por mí era lástima porque mi abuela me tenía siempre recluida. Lástima y nada más. Conforme corría el tiempo, mi situación fue empeorando: ni podía estar sentada, ni conseguía leer ni trabajar; a veces me reía y cometía alguna diablura para molestar a la abuela; y en otras ocasiones me echaba a llorar. Finalmente, me quedé flaca y estuve a punto de caer enferma. Pasó la temporada de ópera, y nuestro inquilino cesó en sus visitas. Cuando nos encontrábamos, siempre en la misma escalera, me saludaba en silencio, con un aire tan serio como si no quisiera hablar conmigo; y cuando él ya había subido hasta la terracilla del segundo piso, yo continuaba en medio de la escalera, más colorada que una cereza, porque últimamente se me subía toda la sangre a la cara apenas me tropezaba con él.

»Y ahora viene el final. Hace exactamente un año, en el mes de mayo, se presentó nuestro inquilino para anunciar a mi abuela que debía regresar a Moscú por un año, ya que había resuelto los asuntos que aquí le trajeron. Al oírlo, palidecí y me desplomé como muerta en una silla. Mi abuela no se dio cuenta de nada; y él, después de declarar que dejaba la casa libre, saludó y se fue.

»¿Cuál debía ser mi actitud? Tras pensarlo mucho y sufrir todavía más, acabé por decidirme. Como él se iba al día siguiente, yo debía poner fin a tal situación aquella misma noche, cuando mi abuela se durmiera. Así lo hice. Recogí en un lío toda la ropa que tenía, y con el atadijo en la mano, más muerta que viva, me encaminé al segundo piso, a la habitación de nuestro inquilino. Me parece que estuve más de una hora subiendo la escalera. Cuando abrí la puerta, y él me vio, lanzó una exclamación. Debió de creer que veía visiones, pero acudió a ofrecerme agua, pues yo apenas me tenía en pie. Eran tan fuertes las palpitaciones de mi corazón, que me dolía la cabeza y se me turbaba la vista. Cuando me recobré, comencé por colocar mi atadijo en su cama, después de lo cual me senté en ella, me tapé la cara con las manos y rompí a llorar a lágrima viva. Él pareció comprenderlo todo al instante. De pie ante mí, pálido y triste, me miraba de tal modo, que mi corazón parecía a punto de estallar.

»—Escuche, Nástenka —empezó diciendo—. Yo nada puedo. Soy pobre. De momento no tengo ni siquiera una colocación decente. ¿Cómo íbamos a vivir si nos casáramos?

»Hablamos largo rato. A la postre, yo, completamente desquiciada, declaré que no podía seguir con mi abuela, que me escaparía de allí, que no consentiría que me prendiera a su falda con un imperdible, y que, quieras que no, le acompañaría a Moscú, pues no podía vivir sin él. La vergüenza, el amor y el orgullo, manifestándose a la vez, me hicieron caer sobre la cama como atacada de una convulsión. ¡Tenía tanto miedo a un desaire suyo!

»Él permaneció unos instantes sentado y en silencio; levantose después, se acercó a mí y me cogió una mano.

»—Escuche, mi buena y amable Nástenka —comenzó diciendo, con la voz velada por las lágrimas—: Le juro que si alguna vez estoy en condiciones de casarme, será usted quien me hará dichoso. Se lo aseguro: ahora solo usted puede conseguirlo. Oiga lo que voy a decirle: he de permanecer en Moscú un año exacto, durante el cual espero crearme una posición. Si, a mi regreso, usted no ha dejado de amarme, le juro que seremos felices. Ahora, en cambio, es imposible: ni puedo ni tengo derecho a prometerle nada. Si dentro de un año tampoco podemos realizar nuestro sueño, alguna vez será, naturalmente, si para entonces no ha preferido usted a otro, pues yo no puedo comprometerla con ninguna palabra ni me atrevo a exigírsela.

»Eso me dijo, y partió al día siguiente. Convinimos en no decir a mi abuela ni una palabra. Así lo quiso él. Y ya estamos casi al cabo de mi historia. Ha transcurrido exactamente un año. Él ha vuelto; lleva aquí tres días y... y...

—¿Y qué? —exclamé, impaciente por conocer el final.

—¡Pues que todavía no se ha presentado! —respondió Nástenka como haciendo un esfuerzo—. No ha dado señales de vida.

Al llegar a este punto, guardó un breve silencio, bajó la cabeza y, súbitamente, cubriéndose la cara, prorrumpió en tales sollozos, que el corazón me dio un vuelco.

Nunca hubiera esperado semejante desenlace.

—¡Nástenka! —exclamé, indeciso, con el acento más afectuoso que pude—. Nástenka, por Dios, no llore. ¿Cómo sabe usted que está aquí? Puede que aún no haya llegado...

—¡Está aquí, está aquí! —replicó ella—. Lo sé muy bien. Nos pusimos de acuerdo aquella noche, la víspera de su partida. Después de la conversación que le he relatado a usted, salimos a pasear, precisamente a esta calle. Eran las diez de la noche. Nos sentamos en este banco. Yo había dejado de llorar y me deleitaba oyendo sus palabras... Dijo que inmediatamente después de regresar pasaría por nuestra casa, y que si yo no había dejado de quererle, se lo contaríamos todo a mi abuela. Ahora está ya aquí, lo sé muy bien, y, sin embargo, no ha venido a vernos, no ha venido...

Y se echó a llorar de nuevo.

—¡Válgame Dios! —exclamé, levantándome desesperado—. ¿Podría yo ayudarla de algún modo en este trance? Dígame, Nástenka: ¿qué le parece si voy a buscarlo?

—¿Lo cree posible? —denegó ella, levantando de pronto la cabeza.

—¡No, claro que no! —le di la razón, cayendo en la cuenta de mi desacierto—. Ahora bien: podría usted escribirle.

—¡No, eso tampoco es posible! —replicó Nástenka con energía, aunque ya con la cabeza baja, sin mirarme.

—¿Por qué? ¿Por qué no lo cree posible? —insistí, aferrado a mi idea—. Pero ¿sabe qué carta podría escribirle? Hay cartas y cartas, y... ¡No lo dude, Nástenka! Confíe en mí. Descuide, que no voy a darle un mal consejo. Todo puede arreglarse. El primer paso lo dio usted: ¿por qué, ahora, no quiere...?

—¡Imposible, imposible! Va a parecer que trato de obligarle...

—¡Ay, mi Nástenka buena! —la interrumpí sin ocultar una sonrisa—. Se equivoca, se equivoca: al fin y al cabo, tiene usted derecho a hacerlo, puesto que él se lo prometió. Además, según infiero, es hombre delicado y procedió correctamente —continué, cada vez más seguro de la lógica de mis conclusiones y juicios—. ¿Qué es lo que él hizo? Se comprometió, dándole su palabra; dijo que si alguna vez se casaba sería con usted y solo con usted; pero a usted, en cambio, le dio entera libertad para renunciar a él cuando se le antojase... Así las cosas, usted puede dar el primer paso; tiene ese derecho, y posee sobre él una gran ventaja. Por ejemplo, si quisiera desembarazarle de la palabra dada...

—Diga: ¿cómo escribiría usted?

—¿Qué?

—La carta.

—Pues yo escribiría: «Muy señor mío...».

—¿Tan necesario es eso de muy señor mío?

—Es imprescindible. Aunque, por lo demás... Yo creo que...

—A ver, a ver, siga.

—«Muy señor mío:

»"Perdone que..." Pero, no, nada de disculpas. El propio hecho lo justifica todo. Ponga sencillamente:

»"He decidido escribirle. Perdone mi impaciencia, pero he pasado un año feliz alimentándome de ilusiones. ¿Tengo yo ahora la culpa de no poder resistir ni un día de incertidumbre? Quizá ahora, a su vuelta, haya usted cambiado de intención. En tal caso, la presente servirá para asegurarle que ni me quejo ni le acuso. No puedo culparle de que yo no sea capaz de cautivar su corazón. ¡Así lo habrá determinado mi destino!

»"Como persona noble que es usted, no se reirá ni se enfadará al leer mis impacientes renglones. Recuerde que los escribe una pobre muchacha sola, sin nadie que la enseñe o le aconseje, y que esta muchacha nunca logró dominar su propio corazón. Usted es incapaz, incluso imaginativamente, de ofender a aquella que tanto le amó y le ama".

—¡Sí, sí! ¡Es exactamente lo que yo pensaba! —exclamó Nástenka con los ojos resplandecientes de alegría—. ¡Oh, usted ha disipado mis dudas! ¡Ha sido el propio Dios quien le ha puesto en mi camino! ¡Gracias, gracias!

—¿Por qué? ¿Porque Dios me haya puesto en su camino? —respondí, contemplando entusiasmado su jubiloso rostro.

—Aunque solo sea por eso.

—¡Ay, Nástenka! A veces agradecemos a cierta gente el solo hecho de que viva junto a nosotros. Yo le estoy reconocido a usted por haberse encontrado conmigo y porque la recordaré toda mi vida.

—Bueno, basta, basta. Y ahora escúcheme. Entonces convinimos que apenas retornase él me lo haría saber dejándome una carta en casa de unos amigos míos, personas bondadosas y sencillas que no están al tanto de nada, o que, de ser imposible el escribirme, porque no siempre puede decirse en una carta cuanto se quiere, él se presentaría el mismo día de su llegada, a las diez de la noche, en este lugar, para encontrarse conmigo. Ya estoy enterada de que ha vuelto; pero lleva aquí tres días y ni he recibido la carta, ni él se ha presentado aquí. Por la mañana me es absolutamente imposible apartarme de mi abuela. Entregue usted mi carta mañana a las personas amigas de quienes acabo de hablarle; ellas se encargarán de reexpedirla; y si hay respuesta, usted mismo me la traerá a las diez de la noche.

—Pero ¿y la carta, y la carta? Lo primero de todo es escribirla. De modo que solo podremos hacer todo eso pasado mañana.

—La carta... —respondió ella, un tanto turbada—. La carta... pero es que...

No terminó la frase. Al principio volvió la carita, coloreada como una rosa; y luego sentí que me ponía en la mano un papel: una carta escrita, por lo visto, hacía mucho, cerrada y con la dirección puesta. Por mi mente cruzó un recuerdo dulce y grato.

—Ro-ro-si-si-na-na —canté.

—¡Rosina! —cantamos los dos: yo, a punto de abrazarla de entusiasmo; ella, todo lo encarnada que podía ponerse, riendo entre lágrimas, que, como perlas, temblaban en sus negras pestañas.

—¡Basta, basta! Adiós —dijo presurosa—. Aquí tiene la carta y la dirección adonde debe llevarla. Adiós, hasta mañana.

Me estrechó fuertemente ambas manos, me saludó con una leve inclinación de cabeza y desapareció, rauda como una exhalación, en su callejuela. Yo permanecí todavía un buen rato clavado en el mismo sitio y siguiéndola con los ojos.

«¡Hasta mañana, hasta mañana!», siguió resonando su despedida en mis oídos cuando ya se había ocultado a mi vista.

Tercera noche

El día de hoy ha sido triste, lluvioso, sombrío como la vejez que me aguarda. Me asaltan extrañas ideas, experimento turbias sensaciones y atormentan mi cerebro un sinfín de problemas, pero no tengo ni fuerzas ni ganas de resolverlos. ¡Su solución no me compete a mí!

Hoy no nos veremos. Ayer, al despedirnos, las nubes encapotaron el cielo y se levantó niebla. Predije mal tiempo para hoy. Ella no respondió, pues no quería mentir: para ella, el día sería luminoso y radiante, y no habría nubarrón capaz de oscurecer su dicha.

—Si llueve no nos veremos —dijo—. No vendré.

Yo suponía que ella no habría reparado en la lluvia de hoy, pero lo cierto es que no ha venido.

Ayer se celebró nuestra tercera entrevista. Fue nuestra tercera noche blanca...

¡Hay que ver hasta qué punto embellecen al hombre la alegría y la felicidad! ¡Cómo hierve el pecho lleno de amor! Diríase que uno quiere volcar su corazón en otro, para que todo sea jovialidad y risa. ¡Qué contagioso es el júbilo! Sus palabras tenían ayer tanta dulzura para mí y su corazón tanta bondad... ¡Cómo trató de agasajarme, qué cariñosa estuvo conmigo, con qué ahínco me alentó y me serenó el alma! ¡Qué afectuosa se mostró, llevada de su felicidad! Y yo, mientras tanto... lo tomaba todo como moneda de ley y pensaba que ella...

Pero ¿cómo pudo entrar tal cosa en mi cabeza? ¿Cómo pude estar tan ciego, sabiendo que aquello pertenecía ya a otro y no a mí, y siendo tan evidente que su ternura, su solicitud y su cariño... sí, su cariño hacia mí no constituían sino una expresión de su contento por el inminente encuentro con el otro y de su deseo de hacerme partícipe de su alegría? Al ver que el hombre esperado no se presentaba y que habíamos estado aguardándolo inútilmente, Nástenka se ensombreció y, amilanada, se echó a temblar. Sus movimientos y sus palabras dejaron ya de ser diligentes, gráciles y joviales. Cosa extraña: Nástenka duplicó sus atenciones conmigo, cual si, instintivamente, pretendiera hacerme donación de aquello que deseaba para sí misma y que temía no llegara a realizarse. Mi Nástenka se intimidó tanto que, al parecer, acababa de comprender que yo la quería, y se compadecía de mi pobre amor. Nuestra propia infelicidad nos hace sentir más fuerte la de los demás; lejos de disiparse, el sentimiento se concentra...

Acudí a verla con el corazón anhelante, pues ansiaba que llegase la hora de la cita. ¡Qué lejos estaba de imaginarme lo que me esperaba y de suponer que aquello tendría tal desenlace! Nástenka, resplandeciente de júbilo, esperaba la respuesta; y esperaba que la respuesta fuese él en persona: él debía venir, acudir a su llamada... Ella llegó una hora antes que yo. En un principio se reía ante cada palabra mía. Sus risas no tenían fin. Comencé a hablar, pero luego callé.

—¿Sabe por qué estoy tan contenta? —me dijo—. ¿Sabe por qué me alegra tanto verle y por qué le quiero tanto hoy?

—¿Por qué? —inquirí con el corazón palpitante.

—Pues porque no se ha enamorado usted de mí. Otro en su lugar me hubiera importunado con sus suspiros, sus amores y sus penas. Usted, en cambio, ha sido tan simpático...

Me apretó la mano de tal modo, que me faltó poco para gritar. Ella se echó a reír.

—¡Dios mío, qué buen amigo es usted! —prosiguió, muy seria, al cabo de un instante—. Es Dios quien me lo ha enviado. ¿Qué habría sido de mí si no estuviera usted conmigo? ¡Qué desinterés el suyo! ¡Y qué afecto me tiene! Cuando me case continuaremos siendo muy amigos, más que hermanos. Le querré a usted casi tanto como a él...

Me invadió una tristeza horrible; pero en mi alma se removió algo semejante a la risa.

—Está usted nerviosa y acobardada —le dije—. Teme que no venga.

—¡Por Dios que si mi felicidad fuese menor, creo que su incredulidad y sus reproches me harían llorar! De todas maneras, me ha insinuado usted la idea, y me hará pensar mucho; pero lo del pensar lo dejaré para después, y de momento me limitaré a reconocer que dice usted la verdad. Sí; me siento como fuera de mí; soy toda ansiedad, y mis sentimientos me parecen demasiado livianos. Pero dejemos eso.

En esto se oyeron pasos, y en la oscuridad se dibujó una figura que venía hacia nosotros. Temblamos los dos, y a ella le faltó poco para exhalar una exclamación. Solté su mano e hice ademán de retirarme. Pero nos equivocábamos: no era él.

—¿Qué teme usted? ¿Por qué me soltó la mano? —me preguntó, volviendo a dármela—. ¿Qué tiene de particular? Le recibiremos juntos. Quiero que él vea el cariño que nos tenemos.

—¡El cariño que nos tenemos! —exclamé.

«¡Oh, Nástenka, Nástenka! —pensé—. ¡Cuántas cosas has dicho al pronunciar esa palabra! Ese es un cariño, Nástenka, que, en *otras* circunstancias, haría enfriarse el corazón y abrumaría el alma. Tu mano está fría, mientras que la mía arde como el fuego. ¡Qué ciega estás, Nástenka! ¡Qué insoportable es, a veces, una persona dichosa! Pero no puedo enojarme contigo.»

Finalmente, mi corazón rebosó.

—¡Escuche, Nástenka! —casi grité—. ¿Sabe lo que me ha sucedido todo el día?

—¿Qué le ha sucedido? Cuéntemelo enseguida. ¿Por qué no me lo ha dicho hasta ahora?

—En primer término, Nástenka, una vez que he cumplido todos sus recados, que he entregado la carta y que he pasado un rato con sus buenos amigos, he regresado a mi casa y me he acostado.

—¿Y nada más? —me interrumpió ella, sonriente.

—Casi nada más —respondí sacando fuerzas de flaqueza, porque unas lágrimas absurdas pugnaban ya por salir de mis ojos—. Me he despertado cosa de una hora antes de nuestra cita, pero me ha parecido que no había dormido. No sé lo que me pasaba. Venía para acá con ánimo de referírselo todo, cual si el tiempo se hubiera detenido para mí, como si una sensación y un sentimiento debieran permanecer grabados en mi alma eternamente, como si un minuto hubiera de durar toda una eternidad y como si mi existencia se hubiera detenido... Al despertarme he tenido la impresión de que una dulce melodía musical, conocida de hace tiempo, oída en algún lugar y olvidada ahora me retornaba a la memoria. Se me ha antojado que estas notas habían tratado de surgir en mi alma toda mi vida y que solo ahora...

—¡Dios mío, Dios mío! —me atajó Nástenka—. ¿Qué es lo que me ocurre? No entiendo ni palabra.

—¡Oh, Nástenka! Ansiaba transmitir a usted aquella extraña impresión... —dije con voz quejumbrosa, en la que todavía alentaba una esperanza, aunque muy remota.

—¡Basta, basta! ¡No siga! —replicó la muy pícara, que lo había adivinado todo en un instante.

Súbitamente se transformó y se tornó locuaz, jovial y traviesa: cogiéndome del brazo, se echó a reír, trató de provocar mi hilaridad, y cualquier muestra de turbación por mi parte suscitaba en ella una risotada larga y ruidosa. Estuve a punto de irritarme. Y ella se puso a coquetear:

—Mire, a pesar de todo, me ha molestado un poco que no se haya enamorado de mí. ¡Dígame ahora cómo entender a un hombre así! Sin embargo, señor inflexible, no podrá por menos de elogiar mi sencillez: ya ve que se lo cuento todo, absolutamente todo, aunque sea una bobada lo que se me ocurra.

—Oiga, parece que están dando las once —dije cuando el acompasado son de la campana se oyó en la remota torre de la ciudad.

Nástenka se detuvo, dejó de reírse y se puso a contar.

—En efecto, son las once —terminó diciendo con voz tímida e insegura.

Me arrepentí enseguida de haberla alterado haciéndole contar las horas, y me maldije por mi acceso de ira. Compadecido de ella, no sabía cómo reparar mi falta. Comencé a consolarla, a buscar motivos que justificasen la ausencia del hombre esperado, aduciendo argumentos y pruebas que yo mismo inventaba. Nadie hubiera caído en el engaño tan fácilmente como ella en aquel momento, de igual manera que, en parecidas circunstancias, a cualquiera le es grato oír aunque solo sea una palabra de consuelo y hallar una sombra de justificación.

—Es hasta ridículo pensar que haya tenido tiempo de venir —afirmé, cada vez con más vehemencia, admirado de la claridad de mis argumentos—. Lo que pasa es que usted me ha contagiado sus temores, de suerte que he perdido hasta la cuenta del tiempo... Fíjese bien: él apenas habrá podido recibir la carta; supongamos que no puede venir y tiene que escribirle; en tal caso no recibirá usted su respuesta antes de mañana. Pues mañana, apenas apunte el día, iré a verle y le diré a usted el resultado. Hay que contar, también, con miles de posibilidades diversas: que no estuviera en casa al llegar la carta o que no la haya leído todavía... Todo puede suceder.

—Claro, claro —respondió—. No se me había ocurrido. Evidentemente, todo puede suceder —prosiguió con acento convencido, aunque se apreciaba, desagradable y disonante, el eco de otra idea remota—. Hágame este favor: vaya a verle mañana, lo más temprano posible, y comuníqueme lo que haya en cuanto pueda. Usted sabe dónde vivo. —Y se puso a repetirme su dirección.

Después se mostró muy cariñosa y dulce conmigo. Parecía poner gran atención a mis palabras; pero al hacerle yo una pregunta permaneció silenciosa, se turbó y volvió la cara. Entonces la miré a los ojos y comprobé que estaba llorando.

—¡Vamos, a quién se le ocurre! ¡Hay que ver qué chiquilla es usted! ¡Qué chiquilla! Basta de llantos.

Probó a sonreír y a serenarse, pero le temblaba la barbilla, y su pecho seguía agitado.

—Estoy pensando —me dijo tras un breve silencio—. Es usted tan bondadoso, que tendría yo que ser de piedra si no lo sintiera... ¿Sabe la ocurrencia que he tenido? Los he comparado a ustedes dos. ¿Por qué él no será usted? ¿Por qué no será como usted? Él es peor que usted, aunque yo le quiero más.

No respondí. Ella parecía esperar mi contestación.

—Naturalmente, también es posible que yo no le comprenda a él del todo —prosiguió—. ¿Querrá usted creer que siempre le tuve un poco de miedo? Es tan serio y... como orgulloso... Por supuesto, sé que todo era en apariencia y que su corazón encierra más dulzura que el mío. Recuerdo cómo me miró el día en que me presenté en su cuarto con el lío de ropa... De todos modos, me infunde un respeto excesivo, y eso casi equivale a decir que no estamos a la misma altura.

—No, Nástenka, no. Eso significa que le ama usted más que a nadie en el mundo, que le quiere usted incluso más que a sí misma.

—Bueno, admitámoslo así —respondió con candidez—. Pero ¿sabe lo que se me ha venido a la cabeza? Conste que lo que voy a decir no se refiere a él, sino que tiene un sentido general. Es cosa que pienso hace tiempo: ¿por qué no somos todos como hermanos?, ¿por qué la más bondadosa de las personas oculta siempre algo a los demás?, ¿por qué no manifestamos al instante lo que llevamos en el corazón, aun sabiendo que no son palabras lanzadas al viento? Todos aparentamos ser más adustos de lo que somos en realidad, como si temiéramos rebajarnos al demostrar nuestros sentimientos demasiado pronto.

—¡Oh, Nástenka, qué razón tiene usted! Pero ello obedece a diversos motivos —la interrumpí, violentando mis sentimientos más que nunca.

—¡No, no! —replicó ella, profundamente emocionada—. Usted, por ejemplo, no es como los demás. Créame que no sé cómo expresarle lo que siento; pero me parece que usted... Ahora... se me antoja que está haciendo por mí un sacrificio —añadió con timidez, lanzándome una mirada furtiva—. Perdóneme que le hable así; soy una muchacha sencilla, tengo poca experiencia de la vida, y a veces no sé ni expresarme —continuó con voz trémula, quizá por efecto de una sensación recóndita, tratando, sin embargo, de sonreír—; pero lo único que quiero decirle es que soy agradecida, que me doy cuenta de todo... ¡Que, a cambio de ello, Dios le haga muy feliz! Lo que me dijo usted respecto a su soñador no es cierto; vamos, quiero decir que eso no guarda relación con usted. Va usted recobrando su salud y, se lo aseguro, es muy distinto de cómo se describió a sí mismo. ¡Si alguna vez se enamora, que Dios le conceda la felicidad con su elegida! A ella nada le deseo, pues sé que va a ser muy dichosa con usted. Lo sé porque soy mujer y puede usted creer lo que le digo...

Guardó silencio y me apretó la mano. La emoción me impidió también hablar a mí. Transcurrieron varios minutos.

—Está visto que hoy no viene —dijo Nástenka, por fin, levantando la cabeza—. Es demasiado tarde.

—Vendrá mañana —aseguré con el tono más firme y convincente.

—Sí, ya veo que solo vendrá mañana —asintió ella, animándose—. Bueno, adiós, hasta mañana. Si llueve es probable que yo no venga. Pero pasado mañana estaré aquí a todo trance, sea como sea. Venga usted también. Quiero verle, y se lo contaré todo.

En el momento de despedirnos, me dio la mano y me dijo, lanzándome una de sus luminosas miradas:

—Porque supongo que en lo sucesivo no nos separaremos nunca, ¿verdad que no?

¡Oh, Nástenka, Nástenka! ¡Si supieras en qué soledad me has dejado!

Cuando dieron las nueve, no pude permanecer más tiempo en mi casa. Me vestí y salí, a pesar del mal tiempo. Permanecí allí, sentado en nuestro banco. Por un momento me acerqué hasta el callejón en que ella vivía, pero me dio vergüenza y, sin volver la cara hacia sus ventanas, di la vuelta a dos pasos de su casa. Llegué a la mía más abatido que nunca. ¡Qué tiempo tan crudo y tan aburrido! De haber hecho bueno, me habría pasado toda la noche recorriendo las calles...

Pero ¡hasta mañana, hasta mañana! Mañana me lo contará todo.

De fijo que hoy no ha habido carta. Por lo demás, eso es lo natural: ya deben estar juntos...

Cuarta noche

¡Dios mío, cómo ha terminado todo! ¡En qué ha acabado! Llegué a las nueve y la encontré allí. La vi desde lejos: estaba, como la primera vez, apoyada en el pretil del malecón, y ni siquiera se dio cuenta de mi llegada.

—¡Nástenka! —pronuncié su nombre haciendo un esfuerzo ímprobo para dominar mi emoción.

Ella se volvió rápidamente hacia mí.

—¡A ver, a ver, pronto! —exclamó. Yo la miré desconcertado.

—¿Dónde está la carta? ¿Me la ha traído? —aclaró su anterior pregunta, aferrándose a la barandilla.

—No traigo ninguna carta —repuse, finalmente—. ¿Es que él no se ha presentado?

Nástenka adquirió una palidez cadavérica y me estuvo contemplando un buen rato sin mover un músculo del rostro: yo acababa de destruir su última esperanza.

—Bueno, que Dios le ampare —profirió, por último, con voz entrecortada—. Si me abandona de este modo, que Dios le proteja.

Bajó los ojos, y cuando quiso levantarlos para mirarme no pudo. Se esforzó varios minutos para sobreponerse a su emoción; pero de pronto dio la vuelta, se apoyó en el pretil y rompió en amargo llanto.

—Cálmese, no llore —procuré tranquilizarla, pero, a la vista de su dolor, me faltó ánimo para continuar. Y, por otra parte, ¿qué hubiera podido decirle yo?

—No trate de consolarme —profirió ella entre sollozos—. No me hable de él, no me diga que vendrá, que no me ha abandonado de esta manera tan cruel y tan inhumana. ¿Por qué, por qué? ¿Había algo de malo en mi carta, en esa desdichada carta?

Los sollozos le cortaron el habla. El corazón parecía que iba a estallar en mi pecho al mirarla.

—¡Qué inhumano y qué cruel es todo esto! —reanudó Nástenka su lamentación—. ¡Y ni un renglón, ni un renglón! Al menos debía contestarme para decir que no me necesita, que me repudia. Pero ¡ni una línea en tres días! ¡Qué poco le cuesta insultar, ofender a una pobre muchacha indefensa sin más culpa que la de amarle! ¡Cuánto habré sufrido en estos tres días! ¡Dios mío, Dios mío! ¡Y pensar que fui yo la primera en ir a buscarle, que me humillé ante él, que lloré implorándole aunque solo fuese un poco de amor! Y después de todo eso... Óigame —se tornó hacia mí con los negros ojos centelleantes—: Eso no es así. No puede ser, no es natural. Usted o yo nos engañamos. ¿Y si no ha recibido la carta y no sabe nada hasta ahora? ¿Cómo es posible, juzgue por sí mismo, y dígame, por el amor de Dios, explíqueme, pues no lo concibo, cómo es posible que un hombre se porte de un modo tan grosero y tan bárbaro como él se ha portado conmigo? ¡Ni una sola palabra! El último de los seres humanos merece más compasión que la que él ha tenido conmigo. ¿O es que habrá oído algo malo de mí, que le habrán contado algún infundio? —exclamó, encarándose conmigo—. ¿Qué opina usted, qué cree?

—Escuche, Nástenka: mañana iré a verle en nombre de usted.

—¡Cómo!

—Le preguntaré qué le pasa y se lo contaré todo.

—¡Qué dice!

—Escríbale una carta. No se niegue, Nástenka, no diga que no. Le obligaré a estimar en lo que valen los actos de usted. Si, al enterarse de todo...

—No, amigo mío, no —me atajó—. Basta ya. Ni una palabra, ni una sola, ni una línea mía. ¡Basta! Yo no le conozco, ni lo quiero ya. Terminaré por ol...vi...dar...lo...

No pudo terminar.

—Cálmese, cálmese. Siéntese aquí, Nástenka —le dije mientras la ayudaba a tomar asiento en el banco.

—Si estoy tranquila. No es nada de particular. Las lágrimas se secan. ¿Se imagina que voy a matarme, a tirarme al río?

Mi corazón rebosaba amargura. Quise hablar y no pude.

—¿Verdad que usted no hubiera obrado así? —continuó ella, apoderándose de mi mano—. ¿Verdad que usted no hubiera abandonado a la que vino a ofrecérsele, que no se hubiera mofado de su débil y estúpido corazón en su propia cara? ¿Verdad que hubiera cuidado de ella? Usted habría comprendido que ella estaba sola, que no sabía cuidar de sí misma, que había sido incapaz de reprimir el amor hacia usted, que no tenía culpa, que, en definitiva, no había cometido ninguna falta. ¡Oh, Dios mío, Dios mío!

—¡Nástenka! —terminé gritando, sin fuerzas para vencer mi agitación—. ¡Nástenka, está usted martirizándome! ¡Está traspasándome el corazón, está matándome, Nástenka! ¡No puedo callar por más tiempo! ¡Necesito hablar, expresar lo que llevo dentro del alma!

Así diciendo, me levanté del banco. Ella me cogió de la mano y me miró maravillada.

—¿Qué le ocurre? —inquirió por fin.

—¡Escúcheme, escúcheme, Nástenka! —exclamé decidido—. Lo que voy a decirle es un absurdo, una quimera, un disparate. Sé que jamás podrá realizarse, pero tampoco puedo silenciarlo más. En nombre de lo que está usted sufriendo, le suplico de antemano que me perdone.

—Pero ¿qué pasa, qué es? —me preguntó, dejando de llorar y mirándome fijamente mientras una extraña curiosidad se reflejaba en sus asombrados ojos—. ¿Qué es lo que le sucede?

—¡Es un imposible, pero la amo, Nástenka! Eso es lo que me sucede. Ahora ya está todo dicho —exclamé con un ademán de desesperación—. Ahora, usted verá si puede seguir hablándome como hace un momento, y si puede oír lo que voy a decirle...

—¿Qué dice, qué dice? —me interrumpió—. Yo sabía que usted me amaba, pero siempre me ha parecido que su cariño era de otro tipo, algo más simple... ¡Válgame Dios, válgame Dios!

—Al principio era todo más simple, Nástenka, pero ahora... ahora es exactamente igual que cuando usted se presentó a él con su atadijo de ropas. Peor todavía, Nástenka, porque él no amaba a nadie, y usted sí.

—¡Qué me dice! He acabado por no comprenderle a usted en absoluto. Pero, dígame, ¿a qué viene esto?, es decir, no es eso lo que quiero preguntarle, sino a qué se debe que así... tan de repente... ¡Dios santo, qué tonterías estoy diciendo! Pero usted...

Su turbación era total. Las mejillas se le arrebolaron, y bajó los ojos.

—¡Qué le voy a hacer, Nástenka, qué le voy a hacer! La culpa es mía; he cometido un abuso... Pero no, no, no soy culpable de nada, Nástenka. Lo percibo y lo siento, porque el corazón me dice que tengo razón y porque no puedo ofenderla a usted de ningún modo. He sido amigo de usted. Y sigo siéndolo. No he traicionado nada. Vea cómo corren mis lágrimas, Nástenka. Que corran, que corran; a nadie molestan. Ya se secarán.

—Pero siéntese, siéntese —insistió ella, obligándome a tomar asiento—. ¡Dios de los cielos!

—No, Nástenka, no me sentaré; ya no debo permanecer aquí; usted no puede seguir viéndome; apenas se lo confiese todo, me marcharé. Solo deseo decirle que jamás hubiera usted llegado a adivinar mis sentimientos de amor; yo los hubiera guardado en secreto y no me habría atrevido a atormentarla en estos instantes con mi egoísmo. ¡De ningún modo! Pero me ha sido imposible reprimirme. Es usted quien ha provocado la conversación; suya es, pues, la culpa; suya, que no mía. Usted no puede arrojarme de su lado...

—¡No, no, yo no lo hago! —exclamó la pobre Nástenka, disimulando su turbación cuanto podía.

—¿No me arroja usted? ¿No? Pues yo mismo quería huir de su lado. Y huiré, mas no sin haberme desahogado, porque mientras usted hablaba aquí, yo no podía permanecer tranquilo en mi sitio; y mientras usted lloraba, mientras sufría porque... hablemos claro, Nástenka, porque era repudiada, porque su amor era menospreciado, he notado el infinito amor que mi corazón le profesaba. ¡Cuánto amor, Nástenka! Y me embargó tal amargura por no poderle ser útil con mi amor... que el corazón se me desgarró y... ¡no pude seguir callado, tuve que hablar, Nástenka, tuve que hablar!

—Sí, sí, ¡hábleme así, hábleme de ese modo! —me animó, presa de una emoción indescriptible—. A usted tal vez se le haga raro que yo me exprese así, pero... ¡Hable! Después se lo contaré todo, se lo diré todo.

—Lo que yo le inspiro a usted es compasión, Nástenka; a usted, sencillamente, amiga mía, yo le doy lástima. Sin embargo, a lo hecho, pecho. Lo dicho no se puede desdecir. ¿Verdad que no? Bueno, pues ya lo sabe usted todo. Ese ha de ser el punto de arranque. Estupendo. Pero óigame hasta el fin: mientras usted lloraba sentada en ese banco, he llegado a pensar (¡oh, déjeme decir lo que he pensado!), he llegado a pensar que (por supuesto, es un imposible, Nástenka), he llegado a pensar que usted... que, de algún modo, por la razón que fuere, había dejado de amarle. De haber sido cierto esto (lo pensé ayer y anteayer, Nástenka), yo hubiera procurado, y hubiera puesto todo mi afán en este empeño, que usted me amase: al fin y al cabo, usted misma había dicho, Nástenka, que me tenía ya un cariño grande. En fin, ¿qué más? Eso es casi todo cuanto deseaba declararle; solo me queda por decir: ¡qué felicidad si usted hubiera llegado a amarme! Eso y nada más. Escuche, amiga mía, pues, pese a todo, sigue usted siendo mi amiga: yo soy un hombre sencillo, pobre e insignificante, aunque no es eso lo que importa (la turbación, Nástenka, me hace decir desatinos), pero yo la hubiera amado tanto, tanto, que aunque usted hubiera seguido queriendo a ese hombre que no conozco, mi amor no se le hubiera hecho molesto. Solo observaría usted y sentiría a cada instante que a su lado latía un corazón, un corazón agradecido, sí, agradecido, y ardiente, dispuesto a sacrificarse por usted... ¡Oh, Nástenka, Nástenka! ¿Qué ha hecho de mí?

—No llore, no quiero verle llorar —dijo resuelta, levantándose—. Vamos, levántese y acompáñeme. No llore, no llore —repetía mientras me enjugaba las lágrimas con su pañuelo—. Vámonos ahora; puede que le diga una cosa... Si él me ha abandonado, si se ha olvidado de mí, aunque todavía le quiero (¡a qué engañarle a usted!), óigame y responda: si, por ejemplo, yo llegara a amarle a usted, es decir, si... ¡Oh, amigo mío!, cuando pienso que le ultrajaba a usted y que me burlaba de su amor al elogiarle por no haberse enamorado de mí... ¡Dios mío, cómo no me di cuenta, cómo no lo preví! ¡Qué estúpida fui entonces! Pero... Estoy resuelta a decírselo todo...

—Mire, Nástenka, voy a separarme de usted porque no hago más que atormentarla. Ahora le remuerde la conciencia por sus burlas de entonces, y yo no quiero, no quiero que le caigan encima otros dolores, pues bastantes tiene con los suyos. Reconozco mi culpa, Nástenka. Adiós.

—Escúcheme un momento: ¿no puede esperar un poco?

—¿Esperar? ¿Qué?

—Yo sigo queriéndole a él; pero esto pasará, no puede no pasar; ya voy notando cómo se extingue... ¿Quién sabe? Acaso se termine hoy mismo, pues le voy tomando odio por haberse burlado de mí, mientras que a usted le he visto llorar aquí conmigo, y usted no me abandonaría como él, puesto que me quiere, mientras que él no me ha querido nunca, y porque, además, también yo le quiero a usted... ¡Sí, le quiero, le quiero como usted a mí! Ya se lo he dicho en ocasiones, y usted mismo lo ha oído: le quiero porque es usted mejor que él, porque es más noble que él, porque... porque... él...

Se hallaba tan agitada que, sin poder terminar, apoyó su cabeza primero en mi hombro y luego en mi pecho, para romper a llorar después. Por más que traté de consolarla y de convencerla, no dejó de llorar. Con mi mano apretada entre las suyas, murmuraba sollozando: «Espere, espere, ahora se me pasa. Deseo decirle... No vaya usted a pensar que estas lágrimas... La cosa no tiene importancia; todo es de debilidad. Aguarde a que se me pase...».

Finalmente cesaron sus sollozos, se enjugó las lágrimas, y echamos a andar. Por más que intenté reanudar la conversación interrumpida, ella me suplicaba siempre que esperase. Continuamos caminando en silencio. Por último, Nástenka, sacando fuerzas de flaqueza, empezó a hablar:

—Escúcheme —empezó diciendo con voz trémula e insegura, en la que, sin embargo, percibí un acento que, penetrando en mi corazón, me produjo un dolor leve y placentero—: No crea que soy inconstante, ni frívola, ni propensa a olvidar y a traicionar pronto... Le he amado a él un año entero, y le juro por Dios que nunca, nunca le he sido infiel, ni aun en mis pensamientos. Él, por lo visto, lo ha pasado todo por alto y se ha reído de mí. ¡Dios se lo tendrá en cuenta! Pero, además, ha afrentado y herido mi corazón. Ya no le quiero, porque solo puedo amar a un ser magnánimo que me comprenda y que se porte noblemente; así soy yo, y él no es digno de mí. Bueno, ¡que Dios le ampare! Más vale esto que llevarme después un desengaño al darme cuenta de quién es ese hombre. ¡Todo ha terminado! Además, amigo mío —prosiguió, apretándome la mano—, acaso yo estuviera equivocada y todo mi amor no fuera sino un espejismo, pura figuración, nacida quizá del travieso deseo de desprenderme de la vigilancia de mi abuela. Puede que estuviera destinada a amar a otro; a otro que se compadeciese de mí y... Pero, en fin, hablemos de otra cosa —se interrumpió, sofocada por la emoción—. Solo quería decirle que... si, pese a mi amor por él (a mi antiguo amor por él), usted me dice todavía... si siente usted que su cariño es tan profundo que alcanzará a desplazar de mi corazón el sentimiento anterior... si se compadece usted de mí, si no quiere dejarme abandonada a mi suerte, sin consuelo y sin esperanzas, si desea amarme como me quiere ahora, le juro que mi gratitud... que mi amor acabará siendo digno del suyo... ¿Acepta usted mi mano?

—¡Nástenka! —grité ahogado en sollozos—. ¡Nástenka!... ¡Oh, Nástenka!

—Bueno, basta, basta. De momento ya es suficiente —dijo, dominándose a duras penas—. Ya lo hemos dicho todo, ¿verdad? ¿No es cierto que lo hemos dicho todo? Así pues, ya es usted feliz y yo también. Ni una palabra más sobre el asunto. Espere, tenga compasión de mí... Hábleme de alguna otra cosa, se lo suplico.

—Muy bien, Nástenka, muy bien. No sigamos esa conversación. Ahora soy feliz. Tiene razón, hablemos de otra cosa cuanto antes. Estoy dispuesto...

Como no teníamos tema determinado, nos reímos, y hablamos de mil cosas sin ilación y sin sentido. Caminábamos por la acera o, de pronto, nos volvíamos atrás y atravesábamos la calle para detenernos nuevamente y volver una vez más al malecón. Parecíamos dos auténticos chiquillos.

—Yo vivo solo, Nástenka —le dije—. Y mañana... Naturalmente, como usted sabrá, soy pobre; tengo un sueldo de mil doscientos rublos, pero no importa...

—Ni que decir tiene que no importa. Mi abuela cobra una pensión, de modo que no será una carga para nosotros. Porque tenemos que llevárnosla.

—Por supuesto que nos la llevaremos... Lo único que me inquieta es que Matriona...

—¡Ah, si nosotras tenemos también a Fiokla!

—Matriona es un pedazo de pan, con un solo defecto: le falta imaginación, Nástenka; no tiene ni pizca de imaginación. Pero tampoco eso será un obstáculo.

—De ningún modo; las dos pueden vivir juntas. Mañana debe usted mudarse ya a nuestra casa.

—¡Cómo! ¿A su casa dice? Bueno, yo no tengo inconveniente...

—Claro: alquílenos el piso de encima, que lo tenemos vacío. Había una inquilina, una señora de edad; pero se ha marchado, y sé muy bien que mi abuela quiere arrendarle el piso a algún joven. Yo le pregunto: «¿Y por qué ha de ser precisamente un joven?», a lo que ella contesta: «Pues porque yo soy ya vieja; sin embargo, no vayas a pensar, Nástenka, que lo que trato es de buscarte novio». Pero yo he adivinado que es eso lo que pretende.

—¡Oh, Nástenka!

Y los dos nos echamos a reír.

—Bueno, se acabó la conversación. ¿Dónde vive usted? Porque se me ha olvidado.

—Pues allí, cerca del puente X., en la casa de Baránnikov.

—¿Un edificio grande?

—Sí.

—¡Ah, lo conozco! Una buena casa. Pero usted déjela y véngase a la nuestra cuanto antes.

—Mañana mismo, Nástenka, mañana mismo me mudo. Allí debo algún dinerillo por el alojamiento, pero no es cosa de importancia... Pronto cobraré...

—¿Sabe lo que se me ha ocurrido? Que quizá pudiera ponerme a dar clases; primero tendré que aprender yo, y luego me pondré a dar lecciones particulares.

—Magnífico, es una buena idea. Y yo creo que pronto ganaré más, Nástenka...

—De modo que mañana será usted mi inquilino.

—Efectivamente; y veremos *El barbero de Sevilla*, porque parece que van a ponerlo pronto.

—Iremos, iremos sin falta —accedió riéndose—. Aunque creo que acaso haríamos mejor yendo a ver otra obra en lugar de *El barbero.*

—Está bien, iremos a ver cualquier otra. Verdaderamente, será mejor; pero a mí no se me había ocurrido...

Mientras hablábamos y caminábamos, íbamos como embriagados; nos parecía estar envueltos en una especie de niebla, y no sabíamos lo que nos pasaba. Tan pronto nos deteníamos y permanecíamos conversando largamente en un mismo sitio como reemprendíamos la marcha e íbamos a parar Dios sabe dónde; y otra vez risas, y otra vez lágrimas... A Nástenka se le ocurría irse a su casa, y yo, sin atreverme a retenerla, me ofrecía a acompañarla hasta su propia puerta; con esta intención, echábamos a andar, pero, al cuarto de hora, sin advertirlo siquiera, nos encontrábamos de nuevo sentados en nuestro banco del malecón. De pronto ella suspiraba, y las lágrimas acudían una vez más a sus ojos; yo me quedaba atemorizado y perplejo; pero ella me volvía a apretar la mano, y volvíamos a andar, a charlar...

—Ya va siendo hora de que vuelva a casa. Me parece que es muy tarde —decidió, por último, Nástenka—. Hay que dejarse de chiquilladas.

—Está bien, Nástenka. Pero es seguro que no lograré conciliar el sueño. A mi casa no voy.

—A mí también me parece que no lograré dormir; pero usted ha de acompañarme.

—¡Qué duda cabe!

—Solo que esta vez se acaba el deambular y vamos directamente a mi casa.

—Desde luego, desde luego...

—¿Palabra de honor? Mire que alguna vez tengo que volver.

—Palabra de honor —respondí sonriente.

—Bueno, pues adelante.

—Adelante.

—¡Fíjese en el cielo, Nástenka, fíjese bien! Mañana vamos a disfrutar de un día maravilloso: ¡Qué firmamento tan azul, qué luna! Mire usted: aquella nube amarillenta va a cubrirla dentro de un instante. ¡Fíjese, fíjese!... Pero no, no la ha cubierto: le ha pasado rozando. Mírelo, mírelo...

Sin embargo, lejos de fijar la vista en el cielo, Nástenka permanecía de pie, quieta y como clavada en el mismo sitio; cosa de un minuto después, comenzó a apretujarse tímidamente contra mí. Su mano tembló dentro de la mía. La miré a la cara... Ella se apoyó en mí con más fuerza que antes.

En esto pasó junto a nosotros un hombre joven, se detuvo súbitamente, nos miró con fijeza y avanzó unos cuantos pasos en dirección a nosotros. Mi corazón se estremeció.

—Nástenka —le pregunté a media voz—. ¿Quién es ese hombre, Nástenka?

—¡Es él! —respondió ella, apretándose contra mí más temblorosa que nunca.

Yo apenas me tenía en pie.

—¡Nástenka, Nástenka! ¿Eres tú? —resonó una voz detrás de nosotros y, acto seguido, el joven en cuestión se nos acercó unos cuantos pasos.

¡Dios mío, qué grito! ¡Qué temblor se apoderó de Nástenka! ¡Cómo se desprendió de mi mano y voló al encuentro de él! Yo los contemplaba abatido. Pero ella, apenas le dio la mano y se arrojó en sus brazos, se volvió de nuevo hacia mí, salvó la distancia que nos separaba con la velocidad de un relámpago, más rauda que el aire, y, antes de que yo me diese cuenta de lo que sucedía, me echó los brazos al cuello y me dio un beso ardiente, apretado, tras lo cual, sin pronunciar una palabra, volvió junto a él, lo agarró de la mano y se lo llevó consigo.

Permanecí un buen rato viéndolos alejarse. Finalmente, desaparecieron de mi vista.

La mañana

Mis noches terminaron una mañana. El día se presentó crudo y desapacible. La lluvia repiqueteaba, monótona, en los cristales de mi ventana. En el cuartucho reinaba la oscuridad, y las calles estaban sombrías. La cabeza me dolía y me daba vueltas. La fiebre se iba apoderando de todo mi cuerpo.

—Hay una carta para ti. Ha venido por correo —me dijo Matriona, de pie ante mí.

—¡Una carta! ¿De quién puede ser? —grité, levantándome de la silla.

—¿Qué puedo saber yo, señorito? Míralo tú, que ahí debe venir escrito.

Rompí el sobre. ¡Era de ella!

«¡Oh, perdóneme, perdóneme! —me escribía Nástenka—. De rodillas le suplico que me perdone. Le he engañado a usted, y también a mí misma. Ha sido un sueño, una visión... Hoy me he atormentado pensando en usted. ¡Perdóneme, perdóneme!

»No me condene: en nada ha cambiado mi actitud para con usted; le dije que le amaría, y sigo amándole.

Decir que le amo sería poco. ¡Dios mío, si pudiera quererlos a los dos a un tiempo! ¡Si usted fuera él!»

«¡Si él fuera usted!», cruzó la idea por mi mente. ¡Me acordé de tus propias palabras, Nástenka!

«¡Dios es testigo de lo que yo sería capaz de hacer por usted! Sé que debe de estar triste y pesaroso. Le he ofendido, pero usted no ignora que quien ama no tarda en perdonar las ofensas. Y usted me ama.

»¡Gracias, gracias por su amor! Gracias porque su amor se ha grabado en mi memoria, en la que perdura como un dulce sueño que se evoca largamente después del despertar; porque recordaré siempre el instante en que usted me mostró fraternalmente su corazón y aceptó con tanta generosidad el mío, muerto y lacerado, para cuidarlo, acunarlo y volverlo a la vida... Si usted me perdona, su recuerdo tendrá en mi alma la exaltación sublime de un sentimiento de eterna gratitud que jamás se disipará... Conservaré este recuerdo, le seré fiel y no lo traicionaré, pues ello equivaldría a traicionar a mi corazón, que es leal sobremanera. Ayer se apresuró a retornar a manos de quien era su dueño.

»Nos veremos; vendrá usted a visitarnos; no nos abandonará, y será siempre mi amigo, mi hermano... ¿Verdad que cuando volvamos a encontrarnos me dará usted la mano? ¿No es cierto que me la dará, que me ha perdonado? ¿Sigue usted amándome como antes?

»¡Oh, ámeme, no me abandone! ¡Le quiero tanto en estos momentos, amable amigo mío, que soy digna de su amor y lo mereceré! Dentro de una semana me caso con él. Ha vuelto enamorado como siempre, y nunca me olvidó... No se enfade porque le hable de él.

Deseo ir a verle a usted en su compañía. ¿Verdad que le tomará usted afecto?

»Perdónenos, y recuerde y quiera a su

Nástenka.»

Estuve largo rato leyendo y releyendo aquella carta. Las lágrimas pugnaban por salir de mis ojos. Finalmente, el papel se me cayó de las manos, y oculté en ellas la cara.

—¡Señorito, eh, señorito! —me llamó Matriona.

—¿Qué pasa, vieja?

—Pues que he quitado todas las telarañas del techo. Ahora como si quieres casarte o traer invitados sin miedo a nada, porque...

Estuve contemplándola un momento... Era todavía una mujer diligente y ágil, lo que se llama una vieja joven, pero, no sé por qué razón, de pronto me la figuré con los ojos apagados, llena de arrugas la cara, encorvado el cuerpo, decrépita toda ella. Tampoco sé explicarme el motivo de que también mi habitación pareciera haber envejecido súbitamente, como la sirvienta. Las paredes y el piso estaban descoloridos, todo tenía un aspecto lúgubre; y las telarañas se habían multiplicado. Sin saber por qué, al mirar por la ventana, se me antojó que el edificio de enfrente se mostraba más vetusto y descolorido, que el estuco de las columnas se había agrietado y caído a pedazos, que las cornisas, ennegrecidas, estaban desconchadas, y que las paredes, antes de un intenso amarillo oscuro, aparecían ahora con rodales multicolores.

Ya fuera porque un rayo de sol, que por un instante asomó tras una nube, se había ocultado nuevamente tras los negros nubarrones cargados de lluvia, entenebreciéndolo todo, o porque ante mis ojos cruzó, rauda, la lóbrega y triste perspectiva de mi porvenir, lo cierto es que me vi como soy ahora, al cabo de quince años: avejentado, en el mismo cuartucho, completamente solo y con la única compañía de Matriona, que, a pesar de los años transcurridos desde entonces, no tiene ni pizca más de juicio.

Pero ¡cómo guardarte rencor por aquella ofensa, Nástenka! ¡Cómo arrojar sobre ti una nube oscura que pudiera turbar tu felicidad, plácida y radiante! ¡Cómo lanzarte amargos reproches que entristecerían tu corazón suscitando en él un oculto remordimiento y haciéndole palpitar angustiado en los momentos de ventura! ¡Cómo osaría yo ni siquiera rozar una de las tiernas florecillas que prendiste de tus negros cabellos para ir con él ante el altar! ¡Jamás, jamás! ¡Que tu cielo se mantenga siempre claro! ¡Que tu dulce sonrisa sea siempre radiante y apacible! ¡Y bendita seas tú por los instantes de ventura y de felicidad que brindaste a otro corazón solitario y agradecido!

¡Dios mío! ¡Todo un momento de felicidad! ¿Acaso es poco incluso para toda una vida humana?...

EL PEQUEÑO HÉROE[1]

(De unas memorias desconocidas)

1. *El pequeño héroe (Málenki gueròi)* se publica por primera vez en el número 1 de 1857 de la revista *Otéchestvennie zapiski*. La versión definitiva aparece en el tomo III de las *OC* de 1866.

Me faltaba poco para cumplir once años. En julio me mandaron a veranear a una aldea de las inmediaciones de Moscú, a la finca de un pariente mío llamado T-v, donde se habían reunido unos cincuenta invitados, o puede que más: no lo sé de cierto, pues no los conté. Reinaban el bullicio y la alegría. Dijérase que la fiesta no tenía visos de acabar nunca y que el anfitrión hubiera jurado dilapidar cuanto antes su enorme fortuna, cosa que consiguió hace poco, corroborando aquella suposición, es decir, derrochándolo todo, hasta el último céntimo y la última prenda. A cada instante llegaban nuevos huéspedes. Como la ciudad de Moscú se encontraba a dos pasos, los que se marchaban no hacían sino ceder su puesto a otros, y aquel sarao se prolongaba sin cesar. Las diversiones se sucedían unas a otras, y no se les veía el fin: paseos a caballo por los alrededores en nutridos grupos; excursiones al bosque o por el río; meriendas en el campo; cenas en la espaciosa terraza de la mansión, engalanada con tres interminables guirnaldas, cuyas hermosas flores esparcían su aroma en el fresco aire de la noche, e iluminada profusamente, haciendo que nuestras damas, ya de por sí hermosas en su casi totalidad, parecieran aún más bellas con sus rostros encendidos por las impresiones del día, con sus ojos relumbrantes, con su gentil y armoniosa charla, entremezclada con sus risas sonoras, tintineantes como cascabeles; bailes, música, canciones. Si se encapotaba el cielo, se representaban cuadros vivos, se contaban chistes y adivinanzas y hasta se ponía en escena alguna obra. No faltaban recitadores, cuentistas y declamadores.

Algunos de los invitados aparecían en un claro primer plano. Excusado es decir que las hablillas y los chismes seguían su curso normal, ya que sin ellos no se sostendría el mundo y millones de seres morirían como moscas, víctimas del tedio. Pero como yo tenía once años no me fijaba en los personajes, pues tenía ocupada la mente en pensamientos bien distintos, y si algo observaba, no era todo, ni mucho menos. Fue posteriormente cuando hube de recordar algunas cosas de las allí ocurridas. Solo la parte brillante de aquel espectáculo podía ser advertida por mis ojos de niño; y aquella festiva animación general, aquel esplendor, aquel bullicio, nunca vistos ni oídos por mí, me impresionaron tanto que, en los primeros días, me dejaron completamente aturdido, y mi pequeña cabeza sentía vértigos.

Con mis once años, yo era, naturalmente, un chiquillo, nada más que un chiquillo, y muchas de aquellas hermosas señoras, al acariciarme, ni siquiera se interesaban por mi edad. Pero, ¡cosa extraña!, una sensación incomprensible se apoderaba de mí; algo desconocido, y ni siquiera imaginado, pasaba por mi corazón. Mas, ¿por qué, a veces, me ardía y me palpitaba como atemorizado, y por qué se me coloreaba el rostro con un rubor inesperado? Había momentos en que me avergonzaba y hasta me enojaba de mis privilegios infantiles. En otras ocasiones, parecía ser la sorpresa la que me dominaba, y entonces me iba a donde no pudieran verme, como para tomar aliento y recordar algo que hasta entonces creía guardar muy bien en la memoria y que acababa de olvidar, pero sin lo cual no podía presentarme en ningún sitio ni arreglármelas en modo alguno.

Finalmente, se me ocurría que había ocultado algo a todo el mundo, mas no se lo decía a nadie porque, como un chiquillo que era, me sentía avergonzado y a punto de llorar. A poco tardar llegué a percibir una sensación de soledad en medio del torbellino que me circundaba. Había allí otros niños, pero todos eran mucho más pequeños o mucho mayores que yo; y, además, no estaba yo para niños. Evidentemente, nada me hubiera sucedido de no encontrarme en una situación excepcional. A los ojos de aquellas hermosas señoras, yo seguía siendo una criatura pequeña e indeterminada, a la que gustaban de acariciar a veces y con la que podían jugar como con una muñeca. Sobre todo, una encantadora rubia, de exuberante y espesa cabellera, como jamás había visto yo, y seguramente nunca veré, parecía haber hecho juramento de no dejarme en paz. Las risas que resonaban en derredor nuestro, y que ella suscitaba a cada instante con las desatinadas y bruscas bromas que me gastaba, las cuales, por lo visto, le proporcionaban sumo placer, a mí me aturdían, y a ella la alegraban. A buen seguro que en los institutos en que estudió, y entre sus amigas, debían llamarla «la colegiala». Maravillosamente bella, había en su hermosura algo que saltaba a la vista. Por supuesto, no se asemejaba a las pequeñas y pudorosas rubitas, níveas como el plumón y delicadas como ratoncitos blancos o como rositas de pitiminí. No muy alta de estatura, y más bien tirando a gruesa, tenía, sin embargo, unos rasgos faciales finísimos, maravillosamente trazados. Había en aquella carita algo que resplandecía al modo de un relámpago, y toda ella era como el fuego, diligente, vivaracha, grácil. Sus grandes ojos, muy abiertos, parecían despedir chispas. Refulgían como diamantes, y jamás hubiera yo cambiado aquellas pupilas azules y centelleantes por unos ojos negros, ni siquiera por los más azabaches de Andalucía, pues mi rubita podía parangonarse con aquella morena a la que cantó un famoso y consumado poeta que en tan bellas estrofas juró por toda Castilla estar dispuesto a quebrantarse los huesos con tal de que se le permitiera rozar con la punta de un dedo la mantilla de su dama. Por añadidura, mi linda rubia era la más jovial de todas las bellas del mundo, risueña como no hay idea y traviesa como una chicuela, aunque llevaba ya cinco años casada. La risa no se borraba nunca de sus labios, lozanos cual un capullo mañanero que acabase de abrir sus pétalos al conjuro de los primeros rayos del sol, mostrando su encarnado y fragante cáliz en el que aún no se habían secado las frías perlas del rocío.

Al día siguiente de mi llegada se organizó una función de teatro. El salón estaba de bote en bote, como suele decirse. No quedaba un sitio libre, y como yo me retrasé un poco, por no recuerdo qué razón, tuve que presenciar el espectáculo de pie. Pero la obra, muy divertida, me fue arrastrando hacia delante, y, sin darme cuenta yo mismo, me abrí paso hasta las primeras filas, donde me detuve, por fin, apoyado en el respaldo del sillón que ocupaba una dama. Era mi rubita, pero aún no nos conocíamos. Insensiblemente me quedé fijo en sus redondos y maravillosos hombros, incitantes y blancos como la espuma de la leche, aunque, en verdad, me era indiferente mirar unos cautivadores hombros femeninos o el sombrerito adornado con cintas color de fuego que cubría las canas de una venerable señora de la primera fila. Junto a mi rubia estaba sentada una solterona de esas que, según tuve oportunidad de comprobar posteriormente, procuran siempre colocarse lo más cerca posible de las que son jóvenes y bonitas, eligiendo a las que no gustan de alejar de sí a los jóvenes caballeros. Mas esto carece de importancia; el caso es que la solterona, al notar mi contemplativa mirada, inclinó la cabeza hacia su vecina y, con una risilla, susurró algo a su oído. La rubia se tornó súbitamente hacia mí, y recuerdo que sus ojos de fuego resplandecieron de tal modo en la penumbra, que yo, desprevenido para afrontar aquella mirada, me estremecí como al contacto de un ascua. La bella dama sonrió.

—¿Le gusta la función? —me preguntó, clavando en mis ojos su mirada pícara y burlona.

—Sí, mucho —respondí, y continué contemplándola como admirado, cosa que, a su vez, pareció agradarle.

—¿Y por qué está usted de pie? Puede cansarse. ¿Es que no tiene sitio?

—No, señora, no tengo —contesté, más preocupado esta vez por dominar mi emoción que por los relumbrantes ojos de la hermosa rubia, y contentísimo de haber hallado, por fin, un corazón amable al que confiar mi inquietud—. He estado buscando, pero todos los asientos están ocupados —añadí, como lamentándome de tal circunstancia.

—Pues vente aquí —me propuso al instante, tan rápida en sus decisiones como resuelta a poner en práctica cualquier idea destinada que se gestase en su frívola cabeza—. Ven y siéntate en mis rodillas.

—¿En sus rodillas? —repetí, perplejo, las últimas palabras de ella.

He dicho ya que mis privilegios infantiles comenzaban a enojarme y zaherirme. Pero la señora en cuestión, cual si se riera de mí, había llegado más lejos que ninguna otra. Por añadidura, yo, que siempre había sido tímido y vergonzoso, comenzaba por aquel entonces a sentirme mucho más cohibido ante las mujeres. De ahí que me azorase terriblemente.

—Sí, hombre, en mis rodillas. ¿Por qué no quieres sentarte en ellas? —insistió, riéndose cada vez más fuerte, hasta que su risa se convirtió en carcajada, Dios sabría por qué; acaso porque la regocijaba verme tan confuso ante su ocurrencia. Pero eso era lo que ella buscaba.

Enrojecí, aturdido, y miré alrededor, como buscando refugio; pero ella, adelantándose a mi intención, me agarró de la mano para impedir que me marchase, y de la manera más inesperada, y con gran asombro por mi parte, me la apretó entre sus traviesos y ardientes dedos, haciéndome tanto daño en los míos que hube de apelar a los mayores esfuerzos para no gritar, pero hice unas muecas divertidísimas. Además, me causaba un asombro y una perplejidad sin límites (yo diría que hasta profundo horror) descubrir que había señoras tan bromistas y tan malvadas, que, a más de proponer tales tonterías a un chiquillo, daban unos pellizcos tan dolorosos, Dios sabe por qué motivo y en presencia de todos. Es probable que mi desdichado semblante trasluciera mi estupefacción, porque la traviesa rubia se reía como una loca en mis propias narices, sin dejar por ello de apretar y pellizcar mis pobres dedos con fuerza cada vez mayor. No cabía en sí de júbilo por la ocasión que se le había presentado de hacer una travesura de colegiala, de aturdir a un chico inocente y anonadarlo. Mi situación era desesperada; me moría de vergüenza, pues todas las personas cercanas se tornaron hacia nosotros, las unas extrañadas, y las otras riendo al darse cuenta de que se trataba de alguna diablura de la linda rubia; y, además, yo estaba a punto de lanzar un grito, pues ella me estrujaba los dedos con crueldad, precisamente porque no gritaba; pero había decidido, como un espartano, aguantar el dolor para no provocar un alboroto que no sabía qué consecuencias podría acarrearme. En un arrebato de desesperación, inicié la lucha y me puse a tirar de mi mano para liberarla, pero la tirana era mucho más fuerte que yo. A la postre, incapaz de resistir, grité. ¡Era lo que ella esperaba! En un santiamén me soltó la mano y me volvió la espalda como si tal cosa, ni más ni menos que si no hubiera sido ella la enredadora, sino cualquiera otra, enteramente como el colegial que, no bien vuelve la cabeza el maestro, ya ha cometido una trastada, pellizcando a algún compañero pequeño y débil, o atizándole un papirotazo o un puntapié, o un codazo, para luego, en un abrir y cerrar de ojos, dar la vuelta, quedarse muy quietecito, hundir la frente en el libro y fingir estar empollando su lección, de suerte que deja con dos palmos de narices al encolerizado profesor, que acude con celeridad de gavilán al oír el ruido.

Por fortuna para mí, la atención de la sala estaba embargada en aquel instante por la magistral actuación de nuestro anfitrión, que desempeñaba en la comedia el papel principal. La sala prorrumpió en aplausos, y yo, aprovechándome del ruido, hui de la primera fila al otro extremo, desde donde, oculto tras una columna, me quedé mirando al sitio ocupado por la pérfida beldad, que aún seguía riéndose, con el pañuelo en la boca. Estuvo un buen rato mirando hacia atrás, a ver si me encontraba en algún rincón, probablemente muy pesarosa de que nuestra absurda pelea hubiera terminado tan pronto, y acaso ideando alguna nueva travesura.

Así comenzó nuestro conocimiento, y a partir de aquella tarde ella no me dejaba ni a sol ni a sombra: me perseguía sin mesura ni conciencia, llegando a convertirse en una tirana que no me daba sosiego. Toda la gracia de sus bromas se reducía a fingirse locamente enamorada de mí y a tomarme el pelo delante de todo el mundo. Como es de suponer, tales bromas mortificaban infinitamente a un muchacho tan retraído como yo, de suerte que me puso varias veces en un trance tan desairado y crítico, que estuve a punto de emprenderla a puñetazos con mi fingida admiradora. Mi cándida turbación y mi desesperada angustia parecían darle alas para seguir persiguiéndome. Ni ella me daba cuartel, ni yo sabía dónde guarecerme de sus burlas. Las risas que resonaban alrededor, y que ella suscitaba con tanta destreza, no hacían sino incitarla a nuevas burlas, hasta que, por último, los invitados comenzaron a considerar sus bromas osadas en demasía. Hoy, al recordarlo, no puedo por menos de creer que se propasaba con un niño como yo.

Pero así era su temperamento: el de una niña mimada en todo y por todos. Supe después que quien más la mimaba era su marido, un hombrecillo rechoncho, bajito y coloradote, muy rico y muy diligente, al menos en apariencia. Versátil e inquieto, no podía permanecer dos horas seguidas en el mismo sitio. No pasaba día sin que fuese desde la finca a Moscú una o dos veces, y siempre, según él, por asuntos de negocios. No hubiera sido fácil encontrar una fisonomía más jovial y bonachona que la de su rostro, cómico y grave al mismo tiempo. Sería poco decir que el amor por su esposa rayaba en debilidad y hasta en enternecimiento: sencillamente, la adoraba como a una diosa.

En nada la contrariaba. Ella tenía infinidad de amigos y amigas: ante todo, porque era rara la persona que, conociéndola, no le entregaba sus simpatías; y, además, porque ella misma no era demasiado exigente en la elección de sus amistades, aunque su carácter fuese, en el fondo, mucho más serio de lo que pudiera suponerse por los detalles que he referido. Pero entre todas sus amigas distinguía con un afecto muy especial a una señora joven, parienta lejana suya, que también estaba allí como invitada. Las unía una amistad íntima y delicada, uno de esos vínculos que suelen existir entre dos caracteres totalmente opuestos, pero uno de los cuales es más austero, más profundo, más puro, mientras que el otro, con excelsa resignación y con un noble sentido de su propio valor, se le supedita amorosamente, percatándose de su superioridad y depositando en el propio corazón aquella amistad como quien deposita un tesoro de felicidad. Es entonces cuando nace una dulce y generosa ternura en las relaciones entre tales caracteres: de un lado, amor y condescendencia infinita; de otro, un respeto lindante con el temor, con el miedo a desmerecer ante los ojos de la persona a quien se tiene en tan alto aprecio y con el ansia de aproximarse más y más al corazón de ella, a cada paso que se da en la vida. Aunque tenían la misma edad, había entre las dos una diferencia inmensa, empezando por la belleza. Madame M. era también muy guapa, pero su hermosura encerraba algo muy particular, que la distinguía radicalmente de las otras mujeres hermosas. Había en su semblante un algo inexplicable que le atraía con fuerza irresistible las simpatías generales o, por mejor decir, suscitaba un afecto noble y puro en los corazones de quienes la contemplaban. Hay caras que poseen tan feliz virtud. En presencia de madame M. sentíanse todos más a gusto, como más libres y confortados; y, sin embargo, sus grandes ojos melancólicos, pletóricos de fuego y de energía, miraban con inquieto recato, como cohibidos por el constante temor a algo hostil y grave, y aquella enigmática timidez ensombrecía a menudo sus apacibles y candorosas facciones, muy semejantes a los radiantes rostros de las madonas italianas, de tal modo que su contemplación generaba en uno mismo igual pesar que el que le produciría una pena propia. En aquel rostro pálido y demacrado, a través de la impecable perfección de unos rasgos puros y correctos, y de la dolorosa gravedad de una tristeza sorda y oculta, se transparentaba muy a menudo el prístino y resplandeciente semblante infantil, la imagen de los años de candidez, todavía no lejanos, y acaso de una dicha ingenua. Aquella sonrisa plácida, pero tímida e indecisa, impresionaba tanto y despertaba tan irresistible simpatía hacia aquella criatura, que en todos los corazones hacía germinar instintivamente una preocupación ardorosa y grata, que aun de lejos abogaba por ella e impulsaba a amarla, sin conocerla siquiera. Pero la hermosa señora parecía taciturna y retraída, aunque, evidentemente, no había criatura más solícita ni más cariñosa que ella cuando alguien estaba necesitado de afecto. Hay mujeres que son como hermanas de la caridad a lo largo de su vida. A ellas podemos no ocultarles nada, o al menos, nada que haya en nuestra alma de doloroso y de lacerado. Quien sufra, que acuda ante ellas lleno de confianza y de fe, sin temor a ser inoportuno, porque pocos de nosotros nos hacemos cargo de la inmensidad de amor paciente, de piedad y de conmiseración que atesoran algunos corazones femeninos. Fabulosos caudales de simpatía, de consuelo y de esperanza se guardan en estos corazones puros, y a menudo también lacerados, porque el corazón que mucho ama, mucho sufre; pero sus heridas están celosamente ocultas a la curiosidad, porque las penas profundas permanecen calladas y escondidas las más de las veces. A tales personas no las arredra ni la profundidad de la llaga, ni su inflamación, ni su virulencia: quien a estas criaturas acude ya es, por ese solo hecho, digno de ellas. Y ellas mismas parecen haber nacido para el sacrificio... Madame M. era alta, ágil y esbelta, pero un tanto delgada; sus movimientos, desiguales: tan pronto lentos y pausados, e incluso graves, como de una ligereza infantil; y sus gestos denotaban una resignada mansedumbre, algo así como una inquietud anhelante e indefensa, que, sin embargo, no implora protección.

Según dije antes, las vituperables burlas de la pérfida rubia me llenaban de vergüenza, me anonadaban y me zaherían hasta hacerme sangrar el corazón. Había, para ello, otro motivo oculto, peregrino y estúpido, que yo mantenía en secreto, que me hacía temblar como un azogado y que, al pensar en él, a solas con mi trastornada mente, en algún rincón oscuro y recogido, inaccesible a la inquisitorial y socarrona mirada de cualquier diablilla de ojos azules, me cortaba el aliento de pura turbación, de bochorno y de temor. En una palabra, estaba enamorado. Admitamos que acabo de decir una estupidez, que aquello era imposible, pero ¿por qué, entre todas las caras que veía, una sola impresionaba mi ánimo? ¿A qué se debía que me complaciera en admirarla, aunque por aquella época me era de todo punto indiferente contemplar a las mujeres y trabar conocimiento con ellas? Esto me sucedía más que nunca por las noches, cuando lo desapacible del tiempo congregaba a todos los invitados en los salones, y yo, oculto en algún rincón, me ponía a mirar sin objeto a todas partes, falto de otra ocupación, pues, salvo mis perseguidoras, pocas eran las personas que hablaban conmigo, y durante aquellas veladas me invadía un tedio irresistible. En tales ocasiones, pasaba revista a los presentes, oía sus conversaciones, sin entender palabra muchas veces, y era entonces cuando los apacibles ojos, la tímida sonrisa y el hermoso rostro de madame M. (objeto de mis preocupaciones) cautivaban mi atención, Dios sabría por qué, y ya no se me iba de la mente aquella impresión extraña, incierta, pero de inefable dulzura. A menudo me pasaba horas enteras sin apartar los ojos de ella; me sabía de memoria cada gesto y cada movimiento suyo, permanecía atento a cada vibración de su voz argentina, aunque algo velada, y, ¡cosa extraña!, de todas mis observaciones saqué, junto con una tímida y dulce impresión, una curiosidad de todo punto inexplicable. Dijérase que me había empeñado en descubrir no sé qué secreto.

Lo que más me mortificaba eran las burlas en presencia de madame M., que, unidas a la cómica persecución de que se me hacía objeto, constituían, en mi concepto, una humillación para mí. Cuando resonaba una risotada general a mi costa, en la que hasta madame M. tomaba parte, a veces involuntariamente, yo, desesperado y furioso de dolor, huía de mis inquisidoras y me recluía en el piso de arriba, donde permanecía retraído el resto del día sin atreverme a bajar al salón. Bien es cierto que yo mismo no acertaba a interpretar ni mi vergüenza ni mi emoción, pues todo el proceso transcurría inconscientemente en mi interior. Aún no había intercambiado con madame M. ni dos palabras, y, por supuesto, no hubiera osado hacerlo. Pero he aquí que una tarde, después de un día de lo más ingrato para mí, me quedé retrasado de los demás durante el paseo y, por estar terriblemente rendido, me dirigía a la casa atravesando el jardín, cuando descubrí a madame M. sentada en un banco de una solitaria avenida. Estaba sola, y parecía haber escogido a propósito aquel apartado lugar. Con la cabeza inclinada sobre el pecho, sus dedos estrujaban el pañuelo que tenía en las manos. Era tal su ensimismamiento, que ni siquiera se dio cuenta de mi proximidad.

Al descubrirme allí se levantó rápidamente de su asiento, me volvió la espalda, y pude observar cómo se enjugaba a toda prisa los ojos con el pañuelo. Estaba llorando. Tras limpiarse las lágrimas, me sonrió y me acompañó hasta la casa. No recuerdo de qué hablamos; lo que sí recuerdo es que durante el trayecto procuró siempre apartarme de ella recurriendo a pretextos diversos: tan pronto me pedía que le cortara una flor como que mirase a ver quién era el que pasaba a caballo por la avenida vecina. Y cuando yo me apartaba, ella se llevaba el pañuelo a los ojos para enjugarse las rebeldes lágrimas que, lejos de agotarse, hervían en su corazón para asomarse luego a sus pobres ojos. Comprendí que mi presencia la agobiaba, puesto que procuraba alejarme tan a menudo; y ella misma advirtió que yo me había dado cuenta de todo, pero era incapaz de reprimirse, lo cual aumentaba mi pena por ella. Me enojé conmigo mismo y me maldije mil veces por mi torpeza y mi falta de ingenio, mas no por ello encontré una manera acertada de retirarme sin darle a entender que me había percatado de su penosa situación; por el contrario, seguí a su lado, sorprendido, triste, hasta atemorizado, todo confuso y sin atinar con una palabra que animase nuestra desvaída conversación.

Me impresionó tanto aquel encuentro, que estuve toda la velada vigilando con ávida curiosidad a madame M., sin quitarle la vista de encima, aunque siempre a hurtadillas. Pero sucedieron las cosas de modo que por dos veces me sorprendió vigilándola, y a la segunda me sonrió. Fue su única sonrisa aquella noche. De su rostro, muy pálido, no desaparecía la expresión de tristeza. Mantuvo durante casi todo el tiempo una discreta conversación con una señora entrada en años, una vieja cascarrabias que se había hecho antipática a todos por su fisgoneo y sus chismes, pero a la que todos temían y, por consiguiente, estaban obligados a rendirle pleitesía, quieras que no.

A eso de las diez llegó el marido de madame M. Hasta entonces había estado yo observándola con fijeza, sin apartar la vista de su melancólico semblante; pero ahora, ante la inopinada aparición de su marido, la vi estremecerse, y su cara, ya pálida de por sí, se tornó más blanca que su pañuelo. Fue algo tan visible, que a nadie se le pasó por alto: a poca distancia de mí tuve ocasión de oír fragmentos de un diálogo, del que deduje que la infeliz madame M. no llevaba una vida muy envidiable. Decíase que su marido era celoso como un moro, y no por amor, sino por egoísmo. Era, ante todo, un europeo, un hombre de la época, contagiado de las ideas modernas, de las que blasonaba. Moreno, alto y recio, con patillas a la europea y cara ufana y oronda, tenía una dentadura más blanca que el azúcar y el porte irreprochable de un *gentleman*. Se le tenía por *hombre inteligente*. Es este el nombre que en ciertos círculos se da a un tipo especial de individuos cebados a costa de los demás, que no hacen nada, que no quieren hacer nada y que, en virtud de su constante ociosidad y holganza, acaban llevando por corazón un trozo de manteca. Sin embargo, les oye uno decir a cada momento que no pueden hacer nada a causa de ciertas circunstancias intrincadas y adversas que «matan su genio», razón por la cual ofrecen un «triste aspecto». Es la frase ampulosa, el *mot d'ordre*, el estribillo y la consigna que estos rollizos caballeros van soltando a trochemoche y que hace tiempo ha comenzado ya a empalagar como tartufismo manifiesto y como palabrería vana. Dicho sea de paso, algunos de estos parásitos, que no pueden encontrar en modo alguno ocupación —no la han buscado nunca, por cierto—, lo que pretenden es hacer creer que no llevan un trozo de manteca por corazón, sino que, muy al contrario, lo que llevan es algo *muy profundo*; pero qué es lo que llevan no podría decirlo ni el mejor cirujano, y no podría decirlo por cortesía. Estos caballeros se abren paso en el mundo dedicando todos sus instintos a la maledicencia grosera, a la crítica miope y a la presunción más desmedida, de suerte que no les queda que hacer otra cosa sino descubrir y proclamar los defectos y los yerros del prójimo, y como atesoran tanta bondad como una ostra, no les es difícil, contando con medios tan eficaces, vivir entre la gente muy a su sabor, de lo que se jactan sobremanera. Están, por ejemplo, casi convencidos de que tienen medio mundo en el bolsillo y de que este medio mundo ha de servirles de zurrón en caso de necesidad; de que todos, excepto ellos, son unos mentecatos; de que los demás vienen a ser como una naranja o como una esponja, que se exprimen mientras se necesita el jugo; de que ellos son los dueños del mundo, y de que este laudable orden de cosas se sustenta sobre ellos, hombres tan talentudos e importantes. Llevados de su inmenso orgullo, no ven en sí mismos defecto alguno. Se asemejan a esos pícaros, Tartufos y Falstaffs natos, que, a fuerza de engañar a los demás, acaban por creer sus propias mentiras y por vivir para la superchería; han asegurado tantas veces ser personas honestas, que han terminado creyéndose que lo son, en efecto, y que el engaño está dentro de la honradez. El concienzudo examen interno y la autovaloración noble les vienen grandes, pues, para ciertas cosas, estos caballeros son demasiado gordos. Promueven siempre a primer plano su áurea humanidad, su Moloch y su Baal, su soberbio yo. La naturaleza toda, el mundo entero, no constituyen para ellos sino un magnífico espejo creado con el solo objeto de que su minúsculo dios les admire sin cesar y no vea a nadie fuera de su propia persona. Así pues, nada tiene de extraño que todos los fenómenos del mundo se les aparezcan en forma tan adulterada. Para todos los casos tienen una frase hecha, que, dicho sea en honor de su suprema habilidad, es la frase más de moda. Ellos mismos contribuyen a la moda, difundiendo a los cuatro vientos aquella idea cuyo triunfo intuyen. Poseen el instinto de ventear la frase que ha de estar en boga y el de captarla antes que nadie, de suerte que luego se hacen pasar por sus creadores. Y llevan una provisión particularmente copiosa de latiguillos que expresan su profunda simpatía por la humanidad, que definen del modo más certero y racional la filantropía y que, por último, fustigan sin interrupción el romanticismo, es decir, aquello que suele ser lo más bello y elevado, y cada átomo de lo cual vale mucho más que toda su viscosa generación. Pero, con grosera insolencia, rechazan la verdad en su forma alterada, transitoria e inmatura y reniegan de todo cuanto se halla en germen, en estado de insolidez y de gestación. Quien vive en el hartazgo, quien se ha pasado la existencia en continua diversión, con todo a pedir de boca, y sin hacer nada, por añadidura, ignora cuán difícil es realizar cada cosa, y por eso, ¡ay de quien se atreva a rozar sus adiposos sentimientos! Jamás se lo perdonará, lo guardará siempre en la memoria y tomará venganza con deleite. En resumen, viene a resultar que nuestro héroe no es sino un globo gigantesco, inflado hasta más no poder y lleno de sentencias, de frases en boga y de etiquetas de todos los géneros y colores.

Pero monsieur M. reunía ciertas peculiaridades que hacían de él una persona notable: locuaz, ingenioso y buen narrador, lograba siempre congregar un corro en torno suyo; y durante aquella velada consiguió producir efecto. No tardó en llevar la batuta de la conversación. Estaba en vena, alegre, jovial, e hizo que las miradas convergieran en él. Sin embargo, madame M. se mostró casi todo el tiempo como indispuesta; tenía un semblante tan triste, que la creí a punto de que las lágrimas volvieran a brillar en sus largas pestañas en cualquier momento. Todo esto, según dije anteriormente, me impresionó y me maravilló sobremanera. Me retiré extrañamente intrigado, y me pasé toda la noche soñando con monsieur M., aunque hasta entonces nunca había padecido pesadillas.

A la mañana siguiente, muy temprano, me llamaron para que acudiese a los ensayos de unos cuadros vivos en los que se me había confiado un papel. Los cuadros, una función de teatro y un baile final, todo ello en una misma velada, habían de celebrarse cinco o seis días después para festejar el cumpleaños de la hija menor de nuestro anfitrión. A este acto, casi improvisado, habían sido invitadas unas cien personas más de Moscú y de las casas veraniegas de los alrededores, de modo que los preparativos acarreaban mucho ajetreo, muchas preocupaciones y mucho barullo. Los ensayos, o, por mejor decir, el examen de los trajes, se habían fijado para horas intempestivas de la mañana, porque el director de escena, que era el ilustre pintor R., amigo y huésped del dueño de la mansión, y que, por deferencia para con este, había aceptado componer y escenificar los cuadros, así como dirigir nuestro ensayo, tenía prisa por ir a la ciudad a fin de adquirir una serie de accesorios con vistas a la preparación definitiva de la fiesta. Así pues, no podíamos perder tiempo. Yo había de tomar parte en un cuadro con madame M. Era una escena de la Edad Media, titulada *La dueña del castillo y su paje*.

Al coincidir con madame M. en el ensayo, me embargó un azoramiento indecible. Creí que ella leería en mis ojos todos los pensamientos, las dudas y las conjeturas que habían germinado en mi cerebro la tarde anterior. Además, me sentía como culpable por haberla sorprendido llorando y por haberla importunado en un momento de angustia, por lo cual suponía que habría de mirarme con malos ojos, como se mira a un testigo importuno, a un intruso en los secretos del alma. No obstante, gracias a Dios, todo se arregló sin complicaciones: nadie se fijó en mí. Ella, al parecer, no estaba para reparar en mí ni para preocuparse del ensayo: se la veía distraída, melancólica y sumida en una lúgubre meditación; no cabía duda de que una gran inquietud la atormentaba. Terminado mi ensayo, corrí a mudarme de ropa, y a los diez minutos salí a la terraza que daba al jardín. Casi en el mismo instante salió por otra puerta madame M., cuando, precisamente por el lado opuesto, apareció su autosatisfecho marido, que regresaba por el jardín después de haber acompañado a un grupo de damas hasta confiarlas a los cuidados de algún ocioso *cavalier servant*. El encuentro de los esposos había sido, sin duda, inesperado. Madame M. se turbó, y sus impacientes ademanes denotaron cierto disgusto. El marido, que venía silbando despreocupadamente un aria y alisándose, con expresión muy seria, sus largas patillas, frunció el ceño al encontrarse con su mujer y se quedó mirándola, según recuerdo ahora, con ojos de inquisidor.

—¿Va usted al jardín? —le preguntó al darse cuenta de que llevaba una sombrilla en la mano.

—No, al bosque —respondió la esposa, ruborizándose ligeramente.

—¿Sola?

—No, con él —dijo ella señalando hacia mí—. Por la mañana salgo de paseo sola —agregó con voz entrecortada e incierta, propia de quien miente por primera vez en su vida.

—Hum... Pues yo acabo de acompañar allí a toda una pandilla. Se han reunido en el velador de las flores para despedir a N. Ya sabrá usted que se marcha... No sé qué desgracia le ha ocurrido allá, en Odesa... Su prima —se refería a la rubia— ríe y está a punto de llorar al mismo tiempo. No hay quien la entienda. Por cierto que me ha contado que usted está enfadada con N. no sé por qué, y que a eso se debe que no haya usted ido a despedirle. De fijo que será un infundio.

—Una de tantas bromas suyas —repuso madame M. mientras descendía por la escalerilla de la terraza.

—¿De modo que este es su *cavalier servant* de todos los días? —inquirió monsieur M., haciendo una mueca y enfocándome con el monóculo.

—¡Su paje! —exclamé, enfadado por lo del monóculo y por la sorna con que habló; y, soltándole una risotada en su propia cara, salté de una vez tres peldaños de la terraza.

—Buen viaje —refunfuñó monsieur M., y siguió su camino.

Como es de suponer, desde el momento en que la señora señaló hacia mí, presentándome a su marido, yo me acerqué a ella e hice como si hubiéramos convenido en vernos desde hacía una hora y como si llevase ya un mes entero acompañándola en sus paseos matutinos. Ahora bien: lo que no pude comprender fue por qué ella se azoró y se desconcertó tanto, ni cuál sería el motivo que la indujo a recurrir a aquella mentira. ¿Por qué no dijo, sencillamente, que iba de paseo sola? Yo no sabía ya cómo mirarla a la cara; mas, pese a mi profunda sorpresa, me puse a mirarla a hurtadillas de la manera más ingenua. Sin embargo, igual que una hora antes, cuando estábamos en el ensayo, no reparó en mis miradas ni en mis tácitas preguntas. En su semblante, en su agitación y en sus andares se traslucía la misma inquietud torturadora, solo que con más nitidez que antes.

Denotaba prisa, pues iba acelerando el paso y avizorando, nerviosa, todas las avenidas y los senderos del bosque, sin dejar de volver la cabeza hacia el jardín. Yo también me puse a la expectativa. De pronto se oyó tras nosotros un repiquetear de cascos. Era toda una cabalgata de jinetes y amazonas que iban a acompañar a N., el que tan inopinadamente nos abandonaba.

Iba entre ellos mi rubia, a la que se había referido monsieur M. diciendo que había estado a punto de llorar. Según era habitual en ella, iba riéndose como una chiquilla, trotando en un magnífico caballo bayo. Cuando nos alcanzaron, N. se quitó el sombrero, mas no se detuvo ni dijo una sola palabra a madame M. A poco tardar, todo el tropel desapareció de nuestra vista. Volví la cabeza hacia la señora y me faltó poco para prorrumpir en un grito de asombro: pálida como la cera, de sus ojos caían gruesos lagrimones. Nuestras miradas se encontraron: madame M. enrojeció, esquivó mi vista por un instante, con la inquietud y el fastidio retratados en el rostro. En aquel momento yo le era más molesto aún que la tarde anterior. La cosa estaba clarísima, pero ¿dónde meterme?

De pronto, la señora, como quien ha encontrado una solución, abrió el libro que llevaba, se ruborizó, y, esforzándose visiblemente por no mirarme, dijo, cual si acabase de descubrir una equivocación:

—¡Ay, pero si es el segundo tomo! ¡Qué cabeza la mía! Mira, haz el favor de traerme el primero.

A buen entendedor... Mi papel había terminado, y era imposible despedirme por vía más expeditiva.

Eché a correr con su libro y no volví. El primer tomo se quedó esperando aquella mañana encima de la mesa...

Pero yo estaba fuera de mí. El corazón me latía como presa de continua zozobra. Puse el máximo cuidado para no tropezarme con madame M. En cambio, estuve observando intrigadísimo la satisfecha persona de monsieur M., ni más ni menos que si en él debiera ocultarse algo muy particular. No acierto a entender a qué se debía mi cómica curiosidad; recuerdo tan solo que lo que había presenciado aquella mañana me tenía sumido en una peregrina estupefacción. Pero mi jornada no hacía sino comenzar, y aquel día había de ser abundante en acontecimientos para mí.

Almorzamos muy temprano: para la tarde estaba proyectada una excursión a una aldea vecina, donde había de celebrarse una festividad, y por eso necesitábamos tiempo para prepararnos. Yo llevaba ya tres días soñando con la excursión, en la que me las prometía muy felices. Casi todos los invitados se reunieron a tomar el café en la terraza. Yo seguí sigilosamente a los demás y me oculté tras una triple hilera de sillas. La curiosidad me incitaba, pero por nada del mundo quería aparecer ante madame M. Sin embargo, la casualidad dispuso que fuese a caer en las proximidades de la impertinente rubia. Algo milagroso, rayano en lo imposible, le había ocurrido aquel día: estaba mucho más guapa que nunca. No concibo cómo suceden tales cosas, pero los prodigios de este estilo son frecuentes en las mujeres. Había entre nosotros un nuevo huésped, alto, pálido, joven, admirador epistolar de nuestra rubia. Acababa de llegar de Moscú, como a propósito para reemplazar a N., de quien se rumoreaba que moría de amor por nuestra beldad. En lo que respecta al nuevo huésped, hacía ya tiempo que mantenía con ella las mismas relaciones que Benedicto con Beatriz en la obra de

Shakespeare *Mucho ruido y pocas nueces*. En resumen, que la bella rubia obtuvo aquel día un triunfo extraordinario. Sus bromas y sus dichos tenían tanta gracia, eran tan candorosamente ingenuos y tan perdonablemente desenfadados, y estaba ella tan encantadoramente segura del júbilo general, que, en efecto, fue siempre objeto de la especial predilección de todos. En torno suyo había sin interrupción un corro de oyentes sorprendidos y maravillados, pues, en verdad, nunca había aparecido ella tan seductora. Cada palabra suya, llena de sugestiva originalidad, era captada al vuelo y transmitida de boca en boca, y ni uno solo de sus chistes o de sus bromas cayó en el vacío. Creo que nadie la había creído capaz de tanta exquisitez, de tanto brillo ni de tanto ingenio. Sus mejores prendas eran ensombrecidas cotidianamente por su infinita frivolidad, por sus constantes retozonerías de colegiala, que a veces lindaban con el histrionismo. Pocos eran los que reparaban en aquellas cualidades, y si alguien las observaba, las tenía por destellos casuales, de suerte que su repentino y extraordinario éxito fue acogido con un general murmullo de asombro.

Por lo demás, contribuyó a su triunfo una circunstancia especial, bastante cosquillosa, al menos teniendo en cuenta el papel que en ella desempeñó el marido de madame M. La traviesa rubia se había propuesto —por cierto, con el beneplácito general o, por lo menos, con el de la gente joven— tomarla de manera despiadada con aquel señor, por muchas causas que a ella debían antojársele trascendentales. Entabló con él un tiroteo de alusiones, de bromas, de sarcasmos punzantes, resbaladizos, pérfidos, de doble intención y tan rotundos y certeros, que no dejaban brecha abierta para el contraataque; sarcasmos de esos que anonadan a su víctima y la hacen debatirse en esfuerzos vanos, llevándola hasta el delirio y hasta la más bufa desesperación.

No lo sé de cierto, pero creo que la maniobra no fue improvisada, sino preconcebida. Ya durante el almuerzo se había iniciado aquel reñido duelo. Digo «reñido» porque monsieur M. no depuso tan rápidamente las armas. Hubo de apelar a toda su presencia de ánimo, a toda su perspicacia y a su rara habilidad para no verse arrollado sin remisión y para no cubrirse de oprobio. La porfía se desarrolló entre la incesante e incontenible hilaridad de los testigos y de los protagonistas. Para monsieur M. se habían vuelto las tornas en comparación con la víspera. Madame M. trató visiblemente de frenar varias veces a su imprudente amiga, quien a su vez ansiaba a toda costa engalanar al celoso marido con el ropaje más bufonesco y ridículo, disfrazarlo de Barba Azul, a juzgar por todas las probabilidades, por mis recuerdos y por el papel que hube de representar en aquel episodio.

Ocurrió esto de la manera más inopinada y cómica. Yo estaba de pie, a la vista de todos, muy ajeno al mal que se me venía encima y hasta olvidado de mis recientes precauciones, cuando de pronto me vi promovido a primer plano como enemigo jurado y rival de monsieur M., es decir, como enamorado de su mujer hasta la locura. Fue mi rubia tirana la que lo juró bajo palabra de honor, asegurando tener pruebas de ello, ya que aquella misma mañana había visto en el bosque...

No pudo terminar la frase: yo la interrumpí en el momento más comprometido para mí; pero este momento había sido tan satánicamente calculado por ella, tan arteramente preparado para lograr un desenlace cómico, y tan risiblemente adornado, que una explosión de risa estrepitosa, irreprimible y general premió la última treta. Y aunque presentí que me había caído en suerte el papel más desairado, era tanta mi turbación, mi cólera y mi temor, que, hecho un mar de lágrimas, lleno de angustia y desesperación, jadeante de vergüenza, atravesé dos hileras de sillas hasta colocarme delante de mi tirana y, dirigiéndome a ella, le grité con voz entrecortada por los sollozos y por la ira:

—¿No le da vergüenza... decir en voz alta... en presencia de estas señoras... mentiras tan ruines? Ni que fuera usted una chiquilla... Delante de tantos hombres... ¿Qué van a pensar? ¡Usted, una persona mayor... casada!...

No me dejaron terminar. Resonó una salva de aplausos atronadores. Mi discurso hizo *furore*. Mi cándido gesto, mis lágrimas y, sobre todo, el hecho de que pareciera salir en defensa de monsieur M., causaron tan terrible hilaridad, que a mí mismo, al recordarlo ahora, me resulta risible a más no poder. Trastornado, medio loco de horror, y encendido como la pólvora, me cubrí la cara con las manos, hui de allí, tirando por los suelos la bandeja que llevaba un criado con quien me tropecé en la puerta, y me precipité hacia arriba para refugiarme en mi habitación. Arranqué de la cerradura la llave, que estaba por fuera, y me encerré. Aquello fue mi salvación, porque venían persiguiéndome. Antes de un minuto, mi cuarto estaba asediado por toda una hueste compuesta por las más hermosas mujeres allí presentes. A mis oídos llegaban sus sonoras carcajadas, su algarabía, sus voces entremezcladas; semejaban una bandada de golondrinas trinando a un tiempo. Todas ellas me pedían, me suplicaban, que les abriese siquiera por un instante; juraban que, lejos de hacerme nada malo, lo que querían era comerme a besos. Pero ¿cabía horror más grande que esta nueva amenaza? Salvaguardado por la puerta, con el rostro hundido en la almohada, y muerto de vergüenza, ni abrí ni contesté. Ellas estuvieron todavía un buen rato llamando a la puerta y conjurándome para que les abriese, pero me mantuve insensible y sordo como un chiquillo de once años.

¿Qué partido tomar? Todo cuanto yo ocultaba y guardaba tan celosamente había quedado de manifiesto... ¡Me había cubierto de oprobio y de vergüenza para siempre! En verdad, yo mismo no hubiera acertado a definir por qué tenía tanto miedo y qué era lo que tan celosamente deseaba encubrir; pero había algo que me causaba pavor, *algo* cuyo descubrimiento me hacía temblar como hoja en el árbol. Mas hasta aquel momento no había logrado yo discernir si aquel algo era bueno o malo, honroso o vergonzoso, laudable o digno de censura. Y acababa de descubrir, en medio de mis tormentos y de mi angustia, que era *ridículo* y *bochornoso*. Al mismo tiempo, el instinto me sugería que semejante juicio era falso, inhumano y burdo; pero yo estaba abatido, anonadado; el proceso de mi conciencia parecía haberse detenido y trastornado en mi interior; no me encontraba en condiciones de apelar contra tal juicio ni aun de meditarlo a fondo; en medio de mi aturdimiento, solo sentía que me habían lacerado el corazón de la manera más antihumana y vergonzosa; y derramaba a raudales lágrimas de impotencia. La irritación se había adueñado de mí; hervían en mi pecho la indignación y el odio, sentimiento este último que jamás había experimentado, porque era la primera vez que se me causaba un dolor profundo, que se me infería una ofensa y un insulto. No había exageración alguna en mi actitud. Acababa de ser duramente zaherido mi primer sentimiento infantil, todavía en ciernes y en floración, y en una época tan temprana de mi vida había sido puesto a la luz pública y ultrajado mi primer sentimiento de pudor, virginal y puro; acababa de ser profanada mi primera impresión estética, que acaso fuera muy seria. Naturalmente, mis ridiculizadores nada sabían acerca de mis sufrimientos ni aun se los imaginaban. Ejerció, asimismo, bastante influencia una circunstancia que yo mismo no he podido determinar hasta hoy día, pues incluso me ha faltado valor para examinarla. Sumido en mi desesperada congoja, seguí tendido en el lecho, con el rostro hundido en la almohada. Tan pronto me invadían los escalofríos como la fiebre. Dos preguntas me atormentaban: ¿qué era lo que la maldita rubia había podido ver en el bosque entre madame M. y yo? ¿Y con qué ojos y de qué modo iba yo a mirar ahora a madame M. sin morirme de vergüenza y de desesperación en el acto?

Una extraordinaria algarabía que se levantó en el patio me sacó del estado de semiinconsciencia en que me hallaba. Me levanté y me asomé a la ventana: el patio estaba lleno de coches, de caballos y de criados que trajinaban de un lado para otro. Al parecer, todos se disponían a partir; algunos jinetes estaban ya a caballo, y los restantes invitados iban tomando asiento en los carruajes. Esto me hizo recordar la excursión, y la inquietud comenzó a apoderarse poco a poco de mi corazón; busqué en el patio mi potro, pero inútilmente: por lo visto, se habían olvidado de mí. Incapaz de reprimirme, bajé al vuelo las escaleras, sin pensar ya en posibles encuentros desagradables ni en mi reciente vergüenza.

Una noticia fatal me esperaba allí: aquella vez no había para mí ni montura ni asiento en los coches. Todo estaba ya distribuido y ocupado, de suerte que yo tenía que quedarme en tierra.

Apesadumbrado nuevamente, me detuve al pie del porche contemplando con tristeza la larga fila de carrozas y de coches diversos, en los que no había para mí ni siquiera un humilde rincón, y a las apuestas amazonas, cuyos caballos bufaban y caracoleaban de impaciencia.

Uno de los caballeros se retrasaba en llegar. Solo le esperaban a él para dar la señal de partida. Al pie de la escalera se hallaba su caballo, que mordía el bocado, escarbaba en el suelo y se encabritaba a cada instante. Dos palafreneros lo sujetaban cuidadosamente de las riendas, y todos, temerosos, se mantenían a prudencial distancia.

Había un motivo extraordinariamente desagradable para que yo no pudiera ir a la excursión: además de haber llegado nuevos huéspedes, que ocupaban todos los sitios en los coches, habían enfermado dos caballos de montar, uno de los cuales era mi potro. Mas no era yo el único a quien aquejaba tal percance: vino a resultar que tampoco había montura para el nuevo huésped, el pálido joven a quien ya me referí. Para hacer frente a tal contratiempo, nuestro anfitrión se había visto en la necesidad de recurrir a una medida extrema: ofrecerle un potro arisco y sin domar, aunque le previno, para descargo de su conciencia, que no era posible montar en aquel animal y que desde hacía tiempo habían decidido venderlo si es que encontraban comprador. No obstante la advertencia, el huésped se declaró buen jinete y manifestó hallarse dispuesto a usar cualquier cabalgadura con tal de tomar parte en la excursión. El anfitrión no respondió, pero creí ver en sus labios una sonrisa pícara y maligna. Mientras estuvo esperando al huésped que tanto blasonaba de su arte ecuestre, él había permanecido a pie, frotándose impaciente las manos y mirando sin cesar hacia la puerta. Algo semejante a lo que pensaba su dueño debían de pensar los dos mozos de cuadra que sostenían por las bridas al potro, muy ufanos de ser el punto de mira de tantos espectadores, sujetando a un animal capaz de matar a un hombre en cualquier arranque. Una sonrisa socarrona, parecida a la de su dueño, asomaba a sus ojos, expectantes y fijos también en la puerta por la que había de hacer su aparición el osado huésped. Hasta el propio caballo se conducía cual si se hubiera confabulado con su amo y con los palafreneros. Orgulloso y arrogante, dijérase que se percataba de que lo estaban observando varias decenas de ojos curiosos y blasonaba ante todos de su mala reputación, ni más ni menos que esos troneras incorregibles que hacen gala de sus calaveradas. Parecía estar desafiando al que tuviese el atrevimiento de atentar contra su libertad.

El temerario caballero se presentó, por fin. Excusándose por su tardanza, y en tanto se ponía apresuradamente los guantes, avanzó sin mirar a nadie, descendió los peldaños de la escalerilla del porche y solo levantó la vista al alargar la mano para acariciar la cerviz del animal, pero quedó indeciso al verle encabritarse salvajemente y al oír el clamor de los huéspedes, que le prevenían contra las malas artes del potro. El joven retrocedió unos pasos y contempló asombrado al caballo salvaje que, temblando como azogado, relinchaba furioso y movía salvajemente los ojos sanguinolentos, levantando las patas delanteras como si pretendiera tomar vuelo y arrastrar consigo a los dos mozos de cuadra. El joven permaneció irresoluto cosa de unos segundos; acto seguido enrojeció ligeramente, presa de cierta turbación, y, por último, alzó los ojos y miró en torno suyo a las atemorizadas señoras.

—Estupendo caballo —pronunció como si hablara consigo mismo—. Me da la impresión de que debe dar gusto montar en él, pero ¿saben una cosa? Pues que yo me quedo en tierra —concluyó, dirigiéndose a nuestro anfitrión con una sonrisa amplia y bondadosa, muy a tono con su rostro, de expresión agradable e inteligente.

—A pesar de todo, le juro que le tengo por un jinete excelente —repuso alborozado el dueño del arisco animal, estrechando al huésped la mano con calor y hasta con gratitud—. Le tengo por buen jinete porque a la primera mirada se ha dado usted cuenta de la fiera que tiene delante —agregó muy ufano—. ¿Querría creer que yo, después de haber servido en húsares veintitrés años, he tenido ya el gusto de rodar por tierra tres veces, por obra y gracia de este bicho, es decir, tantas veces como he intentado montar a este... parásito? Tankred, amigo mío, está visto que no somos dignos de ti; el que te monte ha de ser algún Iliá Múromets[2] que estará ahora sentado a sus anchas en el pueblo de Karachárovo, esperando a que se te caigan los dientes. ¡Ea, lleváoslo!, que no asuste a nadie más. No sé para qué lo hemos mandado sacar —terminó, frotándose las manos muy satisfecho de sí mismo.

Han de saber ustedes que Tankred no le reportaba el menor provecho y no hacía otra cosa que comer; por añadidura, el viejo húsar había dado al traste con

2. Famoso héroe del folclore ruso.

su fama de entendido en caballos pagando una suma fabulosa por un zángano que solo imponía por su buena presencia... No obstante, se regocijó mucho de que Tankred no se hubiera puesto en entredicho y de que hubiera arredrado a un jinete más, añadiendo a sus viejos laureles otros nuevos, por más delezables que fuesen.

—¿De modo que se queda usted? —exclamó la rubia, muy empeñada en que su *cavalier servant* la acompañase—. ¿Es que le da miedo?

—Pues la verdad es que sí —repuso el joven.

—¿No hablará usted en serio?

—Oiga, ¿no me diga que quiere usted que me rompa la crisma?

—Bueno, pues tome usted mi caballo; no pase cuidado, que es manso como un cordero. No perderá tiempo alguno, en un instante le cambiarán la montura. Yo probaré a ir en ese. No creo que Tankred sea siempre tan desconsiderado.

Dicho y hecho: la diablilla saltó al suelo, y antes de terminar la última frase ya estaba junto a nosotros.

—Mal debe conocer a Tankred si piensa que va a dejarse montar por usted. Aparte de que yo no consentiré que usted se rompa la crisma. Sería una verdadera lástima —intervino nuestro anfitrión, afectando, según costumbre inveterada en él, en aquel momento de íntima satisfacción, una rudeza y hasta una grosería ya de por sí afectadas y estudiadas, que, en su opinión, le daban patente de viejo soldado campechano y debían de ser muy del agrado de las señoras. Era una de sus manías, quizá la preferida, que ninguno de nosotros desconocía.

—A ver tú, llorón, ¿no te gustaría probar? Con las

ganas que tenías de venir... —dirigiose a mí la intrépida amazona, señalando a Tankred con gesto maligno.

Lo hacía sencillamente por no irse de vacío y no dejar de tirarme alguna puntada, ya que había tenido que apearse de su cabalgadura y yo había cometido la torpeza de ponerme a tiro.

—De seguro que tú no eres como... Pero, bueno, ¿para qué hablar? Un héroe como tú se avergonzaría de mostrarse tan cobarde, sobre todo sabiendo que alguien le está mirando, hermoso paje —añadió mientras lanzaba una mirada fugaz hacia madame M., cuyo carruaje estaba más cerca de la escalerilla que ningún otro.

El odio y el deseo de venganza invadieron mi corazón cuando la hermosa amazona se aproximó a nosotros con intención de montar a Tankred. Pero me es imposible describir la sensación que me produjo el inesperado desafío. La vista se me nubló cuando capté su maligna mirada dirigida hacia madame M. Por mi mente cruzó como un relámpago una idea. Fue todo cosa de un instante; menos aún que un instante; algo tan súbito como el estallido de la pólvora: o se había colmado ya la medida, provocando en mi interior una súbita explosión de mi resucitado espíritu, de suerte que me sentí impelido a arrollar a todos mis enemigos y a tomar venganza de ellos por sus ofensas, demostrando de lo que era capaz; o bien, por algún prodigio, alguien acababa de enseñarme la historia de la Edad Media, de la que yo hasta entonces no conocía ni jota, y en mi acalorada fantasía vi torneos, paladines, héroes, hermosas doncellas, hazañas y triunfadores; oí clarines de heraldos, ruido de espadas que se cruzaban, clamores y aplausos de la muchedumbre, y entre todos ellos, el tímido grito de un corazón atemorizado, más dulce para un espíritu orgulloso que el triunfo y que la gloria. No estoy seguro de si todos aquellos absurdos delirios cruzaron por mi mente o si lo que en realidad hice fue presagiar el inminente y fatal absurdo que se me venía encima, pero lo cierto es que me percaté de que había llegado mi hora. El corazón me dio un salto, y yo mismo no recuerdo cómo bajé la escalera de un brinco y me planté junto a Tankred.

—¿Y usted se imagina que voy a asustarme? —exclamé arrogante y orgulloso, acalorado hasta nublárseme la vista, jadeante de emoción y tan rojo de ira, que las lágrimas quemaron mis mejillas—. ¡Pues ahora verá!

Antes de que nadie pudiese hacer siquiera el más pequeño movimiento para sujetarme, ya me había yo agarrado a la crin del potro y había puesto el pie en el estribo. Pero en ese preciso instante, el animal se encabritó, agitó la cabeza, se desprendió, con brusco ímpetu, de los asombrados palafreneros y salió volando como una exhalación. Todos los presentes profirieron un grito de horror.

Dios sabrá cómo conseguí atinar con el otro estribo y meter el pie en medio de aquella carrera loca. Tampoco me explico cómo pude mantener las riendas. Tankred salió al vuelo por la puerta del patio, torció en redondo hacia la derecha y siguió como una exhalación a lo largo de la valla, completamente a ciegas. Solo entonces llegó a mis oídos el clamor de cincuenta voces, y aquel grito repercutió en mi corazón angustiado, despertando en él tanta alegría y tanto orgullo, que jamás olvidaré aquel insensato episodio de mi infancia. La sangre me afluyó a las sienes, me ensordeció y ahogó mis temores. No tenía conciencia de mí mismo. Al recordarlo ahora creo que, en verdad, hubo en aquel acto algo de caballeresco.

Pero mis caballerías empezaron y concluyeron en un instante brevísimo, pues de otro modo hubiera salido bien descalabrado el caballero. Aun así, no llego a concebir cómo me salvé. Yo sabía montar, y había recibido clases de equitación, pero mi klepper siempre se había asemejado más a una oveja que a un caballo. Ni que decir tiene que yo hubiera salido despedido de la silla si Tankred hubiera tenido tiempo de arrojarme; pero el caso es que, después de recorrer cincuenta o sesenta pasos, hubo de espantarse al encontrar una enorme piedra en el camino. Volvió grupas al vuelo, con tan brusca corveta, que aún hoy es para mí un enigma cómo no salí despedido como una bola y, después de rodar cinco o seis metros, no quedé allí destrozado, ni tampoco me explico que Tankred no se quebrase una pata en tan rudo viraje. Se lanzó hacia el patio y entró por el portón agitando salvajemente la cabeza, saltando de un lado para otro como ebrio de ira, pataleando en el aire y sacudiendo el lomo a cada salto, cual si llevase encima a un tigre que hubiera hundido en su cuerpo los dientes y las garras. Un instante más, y yo hubiera volado por los aires. Hubo un momento en que ya me sentí caer; pero varios jinetes acudieron en mi auxilio. Dos de ellos interceptaron la salida al campo; y otros dos, al galope, acercaron tanto sus caballos que faltó poco para que me estrujaran las piernas: emparedando a Tankred con los costados de sus cabalgaduras, se apoderaron de las riendas. Poco después nos encontrábamos ya en el porche.

Me apearon del caballo pálido y casi sin aliento. Estaba temblando de arriba abajo, como pelusa de cardo, igual que Tankred, que, plantado en el suelo como si tuviera hundidos los cascos en él, exhalaba el cálido aliento de sus bufidos por las narices rojas y humeantes. Temblón como el azogue, surcaban su piel ligeros estremecimientos, y parecía estupefacto de ira por la ofensa que acababa de infligirle el impune atrevimiento de un chiquillo. A mi alrededor resonaban gritos de desconcierto, de admiración y de espanto.

En aquel preciso momento, mis ojos errantes se encontraron con la mirada de madame M., pálida y llena de zozobra, y, jamás lo olvidaré, los colores se me subieron al rostro, que se me puso como el fuego. No sé lo que me pasó; lo cierto es que, turbado y aturdido por mi propia emoción, bajé los ojos tímidamente. Pero, lejos de pasar inadvertida aquella mirada mía, todos la advirtieron, la captaron y me la robaron. Los ojos de todos los presentes se fijaron en madame M., quien, sorprendida de improviso por la curiosidad general, enrojeció también, ruborizándose como una niña, acaso en virtud de alguna sensación involuntaria e inocente, y, haciendo un esfuerzo sobrehumano, trató de ocultar su rubor echándose a reír, aunque su afán resultó vano...

Evidentemente, visto desde fuera, todo aquello debía ser harto grotesco. Pero un episodio ingenuo e inesperado hubo de salvarme de la hilaridad general, dando un matiz muy especial a toda la aventura: la causante de todo, mi hermosa tirana, que hasta entonces había sido mi irreconciliable enemiga, se abalanzó de repente hacia mí, abrazándome y besándome. Al aceptar yo el reto que ella me lanzara y al recoger el guante que me arrojó con su pícara mirada a madame M., la rubia no daba crédito a sus ojos, y cuando yo volaba a lomos de Tankred estaba que se caía del susto y de los remordimientos de conciencia. Ahora, terminado ya todo, y particularmente al captar ella, como los demás, mi mirada a madame M., así como mi aturdimiento y mi repentino rubor; ahora que, guiada por el romanticismo de su frívola cabeza, podía dar al incidente un sentido nuevo, oculto e inexpresado, le acometió tal entusiasmo por mi «caballerosidad», que corrió hacia mí y me estrechó contra su pecho conmovida, orgullosa de mí y llena de alegría. Al cabo de un instante, encarose con quienes nos rodeaban y, con un semblante ingenuo, aunque rígido, en el que brillaban estremecidas dos diminutas lágrimas cristalinas, pronunció, señalando hacia mí, en un tono serio y adusto, como yo nunca la oyera: *«Mais c'est très sérieux, messieurs, ne riez pas!»*,[3] sin darse cuenta de que todos estaban como hechizados al ver su inmenso júbilo. Aquel arrebato inopinado, aquel semblante serio, aquel bondadoso candor, aquellas lágrimas sinceras, insospechadas en sus ojos continuamente risueños, representaban en ella un prodigio tan insólito, que todos parecían electrizados por su mirada, por sus palabras y por sus gestos, tan diligentes como ardorosos. Dijérase que nadie quería apartar de ella la vista por no perderse el excepcional momento de inspiración de su cara. Hasta nuestro anfitrión se puso colorado como un tulipán, y hay quien afirma haberle oído confesar después que, «para vergüenza suya», estuvo enamorado de su linda huésped por espacio de casi un minuto. Está claro que, después de lo ocurrido, era yo todo un caballero, un héroe.

—¡Es un Delorge! ¡Un Togenburg![4] —comentaban algunos.

3. «Esto es muy serio, señores; no se lo tomen a broma.»

4. Personajes, respectivamente, de la poesía y de la balada El guante, de Schiller.

Sonaron aplausos.

—¡Ay, la nueva generación! —exclamó el dueño de la casa.

—Pero ahora tiene que venir con nosotros. ¡Tiene que venir sin falta! —gritó la bella rubia—. Ya le encontraremos sitio. Que se venga conmigo, en mis rodillas... ¡Pero no, no! ¡Qué tonta soy! —se corrigió ella misma, riendo a carcajadas, sin poder reprimir su hilaridad al recordar nuestro primer encuentro. Sin embargo, en tanto reía, me acariciaba la mano cariñosamente, deseosa de serme grata para que yo no me enfadase.

—¡Es verdad, tiene que venir! —exclamaron varias voces—. Ha de venir, pues se ha ganado su puesto.

El asunto quedó arreglado enseguida. Sobre la vieja solterona que me había hecho conocer a la rubia llovieron las súplicas de la gente joven pidiéndole que me cediese su asiento y se quedara en la casa, a lo cual hubo de acceder, con suma contrariedad, sonriendo para afuera y renegando de rabia para sus adentros. Su protectora, en torno a la cual giraba ella, y que había sido mi enemiga aunque ahora ya no lo era, le gritó, ya al galope de su brioso corcel y riendo como una chiquilla, que le tenía gran envidia y que ella misma se hubiera quedado en tierra de buena gana, pues el cielo amenazaba lluvia y todos nos íbamos a calar hasta los huesos.

Lo bueno del caso es que su profecía se cumplió. Una hora después cayó un verdadero diluvio que dio al traste con la excursión. Tuvimos que guarecernos varias horas en las casas de unos labradores, y regresamos, pasadas las nueve, con un tiempo crudo. Yo me sentí indispuesto, con algo de fiebre. Cuando salíamos para la excursión, y en el momento de ocupar mi sitio en el coche, madame M. se me había acercado y se mostró sorprendida de verme con una ligera blusa y el cuello descubierto. Respondí que no había tenido tiempo de coger mi abrigo. Ella, entonces, sacó un alfiler, me levantó el cuello de la camisa, me lo prendió, quitose luego su pañuelo de gasa rojo y me lo puso al cuello para evitar que me resfriase. Lo hizo todo con tanta premura, que no me dio tiempo ni siquiera a agradecérselo.

No bien regresamos a la casa, la encontré en un saloncito con la rubia y con el pálido joven que se había cubierto de gloria aquella tarde negándose a montar a Tankred. Me acerqué a ella, para darle las gracias y devolverle el pañuelo. Pero ahora, después de mis aventuras, me sentía como cohibido; hubiera preferido subir a mi cuarto y allí, con sosiego, reflexionar y tomar una decisión. Estaba enteramente colmado de impresiones. Al devolverle el pañuelo, enrojecí, claro está, hasta las orejas.

—Apuesto lo que sea a que desearía conservarlo como recuerdo —opinó el joven, sonriendo—. Se le nota en los ojos que le causa pena desprenderse de él.

—¡Claro, claro que sí! —intervino la rubia—. ¿Os dais cuenta de cómo es? —añadió con simulado enojo, moviendo la cabeza, pero se detuvo a tiempo ante la severa mirada de madame M., que no quería llevar las bromas demasiado lejos.

Me retiré al momento.

—¡Hay que ver cómo eres! —me reprochó la guapa rubia, alcanzándome en el aposento vecino y cogiéndome afectuosamente ambas manos—. Si tantas ganas tenías de conservar el pañuelo, con no habérselo devuelto estabas al cabo de la calle. Te excusarías diciendo que lo habías perdido. ¡Qué poca fantasía tienes! Mira que no habérsete ocurrido ni eso... ¡Qué tontuelo!

Así diciendo, me dio un ligero papirotazo en el mentón y se echó a reír al verme enrojecer como una amapola:

—Mira que ahora soy ya amiga tuya, ¿no es verdad? Nuestra enemistad ha terminado, ¿eh? ¿Sí, o no?

Yo sonreí y estreché su mano en silencio.

—Bueno, eso ya va bien. Pero ¿por qué estás tan pálido y tembloroso? ¿No tendrás fiebre?

—Sí, no me encuentro bien.

—¡Ay, pobrecito mío! Seguro que será por las impresiones tan fuertes. ¿Sabes una cosa? Te vas ahora mismo a la cama, sin esperar a la cena, y todo se pasará en una noche. Anda, vamos.

Me condujo arriba, y me prodigó tales cuidados, que parecían no tener fin. Dejándome a solas un momento para que me desnudase, fue abajo y regresó con una bandeja, en la que traía té, cuando yo estaba ya acostado. A renglón seguido me trajo también una manta de mucho abrigo. Yo estaba tan asombrado como conmovido por tanta solicitud y tantos cuidados, o acaso mi emoción fuera fruto de la excitación de los incidentes del día, de la excursión y de la fiebre; lo cierto es que, en el momento de despedirse, le eché los brazos al cuello cual si se tratase de la amiga más dulce y más íntima, en tanto que todas las impresiones de la jornada afluían a un tiempo a mi debilitado corazón. Apretado contra su pecho, me faltó poco para echarme a llorar. Ella advirtió cuán profunda era mi sensibilidad, y creo que mi traviesa amiga también se hallaba un poco emocionada.

—Eres un excelente muchacho —murmuró, obsequiándome con una dulce mirada de sus plácidos ojos—. Por favor, no sigas enfadado conmigo. ¿Verdad que no?

Total, que a partir de entonces fuimos los amigos más cariñosos y más fieles.

Me desperté bastante temprano, pero el sol bañaba ya mi cuarto con su luz resplandeciente. Salté de la cama sano y optimista, olvidado de la fiebre de la víspera, experimentando en su lugar un júbilo inexplicable. Recordé los sucesos del día anterior y me sentí capaz de renunciar a todos los bienes del mundo con tal de volver a abrazar en aquel instante a mi nueva amiga, a la bellísima rubia. Pero era todavía muy temprano, y toda la casa dormía. Me vestí aprisa, bajé al jardín y me encaminé al bosque. Me dirigí a su parte más frondosa, donde la fragancia de la arboleda traía más olor a resina, y donde más refulgían los rayos del sol, satisfechos de haber podido filtrarse por entre el tupido follaje. La mañana era hermosísima.

Penetrando más y más, acabé por verme en el otro extremo del bosque, junto al río Moscova, que fluía a cosa de doscientos pasos. La orilla era escarpada. Al otro lado estaban segando heno. Me quedé embebido contemplando cómo filas enteras de afiladas guadañas resplandecían al sol a cada movimiento de los segadores, para desaparecer acto seguido cual culebrillas de fuego que se escondieran en algún recoveco, y cómo la yerba cortada era despedida en espesos y esponjosos haces y se iba alineando en largas franjas rectas. No recuerdo cuánto tiempo llevaría embelesado en mi contemplación, cuando de pronto salí de ella al oír dentro del bosque, en una vereda que pasaba a cosa de unos veinte pasos de mí y que, partiendo de la carretera, iba hacia la mansión señorial, el bufar de un caballo y el ruido de sus cascos escarbando el suelo. No sé decir a ciencia cierta si percibí el ruido del caballo inmediatamente después de haberlo detenido el jinete o si llevaba ya tiempo oyéndolo; lo cierto es que me hería el oído sin que lograra apartarme de mi ensimismamiento. Penetré de nuevo en el bosque, lleno de curiosidad, y a los pocos pasos oí voces que conversaban con precipitación, pero muy quedo. Me acerqué más, aparté cuidadosamente las ramas de los últimos arbustos que bordeaban la vereda y retrocedí estupefacto: ante mis ojos relució un vestido blanco, que me era conocido, y oí una voz de mujer que tuvo en mi corazón musicales resonancias. Era madame M. Estaba de pie junto al jinete, que le hablaba, visiblemente apresurado, desde su montura; y para asombro mío, reconocí a N., el joven que la mañana anterior se despidió de nosotros y que tanto preocupaba a monsieur M. Mas como entonces dijeron que se marchaba muy lejos, al sur de Rusia, me sorprendió sobremanera verle allí, tan temprano y a solas con madame M.

Nunca la había visto yo tan nerviosa y emocionada como entonces. El joven jinete le tenía cogida una mano que le besaba inclinándose desde la silla. Les había sorprendido en el momento de la despedida. Mostraban tener prisa. Finalmente, él sacó del bolsillo un sobre lacrado, se lo entregó a ella, le pasó una mano por los hombros y le dio un beso apretado y largo, sin descender del caballo. Un momento después, fustigó a su corcel y pasó por delante de mí con la celeridad de una centella. Madame M. le siguió un instante con la vista, y luego, meditabunda y melancólica, emprendió el camino de la finca. Sin embargo, después de recorrer un pequeño trecho por la vereda, pareció despertar repentinamente de un sueño, apartó aprisa el ramaje de los arbustos y echó a andar por el bosque.

La seguí, turbado y sorprendido por lo que había visto. El corazón me latía violentamente, lleno de zozobra. Yo estaba como aturdido y entre nieblas, con la mente abatida. Solo recuerdo que me embargaba una tristeza terrible. De cuando en cuando, el traje blanco se me aparecía a través del verde ramaje. Yo la seguía maquinalmente, sin perderla de vista, pero temblando, no fuera a ser que me viese. Por último, salió al camino que conducía al jardín. Esperé cosa de medio minuto para salir yo también; pero ¡cuál no sería mi asombro al descubrir sobre la roja arena del sendero el sobre lacrado! Lo reconocí al primer golpe de vista: era el mismo que N. había entregado diez minutos antes a madame M.

Lo recogí. En ninguna de sus caras había nada escrito. Aunque de tamaño no muy grande, era compacto y pesado, cual si guardara en su interior tres o más pliegos de papel de cartas.

¿Qué venía a significar aquel sobre? A no dudarlo, contenía la explicación de todo el enigma, y acaso decía lo que no pudo expresar N. por la brevedad de la precipitada entrevista, pues ni siquiera echó pie a tierra... ¿Tenía prisa, o acaso temía traicionarse a sí mismo en el momento de la despedida? Dios sabrá.

Me detuve sin salir al camino, coloqué la carta sobre la arena, en lugar muy visible, y me situé en anhelante espera, por suponer que madame M. no tardaría en notar la pérdida del sobre y volvería a buscarlo. Mas al cabo de cuatro o cinco minutos no pude aguantar más, recogí mi hallazgo, me lo metí en el bolsillo y eché a correr con ánimo de alcanzar a la señora. Cuando la alcancé, ella había entrado ya en la gran avenida del jardín. Iba directamente hacia la casa, con paso rápido y apresurado, pero pensativa y cabizbaja. ¿Qué partido tomar? ¿Acercarme a ella y entregarle el sobre? Esto hubiera equivalido a decirle que lo sabía todo, pues lo había visto. A la primera palabra mía hubiera quedado al descubierto. ¿Y cómo iba, entonces, a mirarla a la cara? ¿Y qué opinión se formaría ella de mí? Yo ansiaba que se percatase de la pérdida y volviera sobre sus pasos, dándome ocasión a que yo arrojase discretamente el sobre en el camino de modo que ella lo hallase. Pero no: ya llegábamos a la finca y desde allí la habían visto.

Como a propósito, aquella mañana habían madrugado casi todos, pues la noche anterior, y en vista del fracaso de la excursión, habían proyectado otra de la que yo no tenía noticia. Se preparaban para partir y estaban desayunando en la terraza. Esperé unos diez minutos a fin de que no me vieran llegar con madame M., y, dando un rodeo, entré en la casa por otro lado, bastante después que ella. Madame M. iba y venía por la terraza, pálida e inquieta, con los brazos cruzados, y todo denotaba que pretendía esforzarse por ahogar la desesperada zozobra que se traslucía en sus ojos, en sus andares y en cada uno de sus movimientos. A veces descendía por la escalerilla y daba unos cuantos pasos entre los arriates, en dirección al jardín, en tanto que sus ojos buscaban con ávida impaciencia, rayana en la indiscreción, en la arena de los senderos y en el suelo de la terraza. No cabía duda: acababa de advertir la pérdida del sobre y lo buscaba por los alrededores de la mansión. Sí, estaba convencida de haberlo perdido allí.

Alguien observó, y luego lo advirtieron los demás, que estaba pálida y nerviosa. Llovieron las preguntas interesándose por su salud y los consejos enojosos: debía reportarse, reír, parecer más alegre. De vez en cuando, madame M. miraba a su marido que, allá en el otro extremo de la terraza, conversaba con dos señoras, y la infeliz experimentaba los mismos estremecimientos y la misma turbación que sintió aquella tarde en que se presentó su esposo. Yo me mantenía a distancia de todos, con la mano en el bolsillo, apretando en ella el sobre y suplicando a la providencia que madame M. se fijara en mí. Deseaba darle ánimos y sosiego aunque solo fuese con la mirada, decirle dos palabras, siquiera fuese al vuelo y a hurtadillas. Pero cuando, casualmente, me miró, yo me estremecí y bajé los ojos.

No me equivoqué al suponer que estaba torturándose. Hasta hoy sigo desconociendo el motivo; solo sé lo que vi y lo que refiero. Acaso sus relaciones con N. no fuesen las que pudiera pensarse a primera vista. Tal vez aquel beso fuera el de la despedida, el último premio al sacrificio que él hacía en aras de la tranquilidad y del honor de ella. N. se retiraba, quizá para no verla más. Y, por último, ¿quién sabía lo que pudiera contener el sobre que yo apretaba en mi mano? ¿Qué juicio hacer, y quién estaba autorizado para juzgar? De lo que no cabía duda era de que el descubrimiento del secreto hubiera constituido un horror, un golpe fatal para la vida de ella. Todavía recuerdo la expresión de su semblante en aquel momento. Imposible sufrir más: presentir, saber, intuir y esperar como un reo de muerte que un cuarto de hora o un minuto más tarde pudiera descubrirse todo; alguien podía encontrar y recoger el sobre; como no llevaba dirección alguna, cabía la posibilidad de que lo abriesen, y entonces... ¿qué sucedería entonces? ¿Qué suplicio mayor que el que la aguardaba? En aquel momento, ella iba y venía entre sus futuros jueces. Transcurriría un minuto y sus caras sonrientes y halagadoras se tornarían severas e inexorables: ella leería en aquellos rostros burla, maldad y frío desdén; y después caería sobre su vida una noche eterna y sin esperanza. Cierto que entonces no me hacía cargo de la terrible situación como me lo hago ahora; solo podía conjeturar, presentir y tener el corazón dolorido por el peligro que ella corría y que yo no comprendía en toda su extensión. Pero cualquiera que fuese su secreto, ya había expiado bastante, si es que algo tenía que expiar, en los dolorosos minutos de que fui testigo y que nunca olvidaré.

De pronto resonó la alegre llamada a partir; se produjo un revuelo general; por todas partes se oían risas y joviales exclamaciones. Dos minutos más tarde, la terraza quedó vacía. Madame M. renunció a la excursión recurriendo, finalmente, al pretexto de que se sentía indispuesta. Pero, gracias a Dios, como todos tenían prisa por marcharse, no hubo tiempo de que la importunaran con recomendaciones, preguntas ni consejos. Raros fueron los invitados que se quedaron en casa. El marido le dirigió unas cuantas palabras, a las que contestó ella asegurándole que en el curso del día se le pasaría la indisposición, que no se preocupase, que ella no tenía necesidad de guardar cama y que saldría de paseo por el jardín, sola... o conmigo... En aquel momento me miró. ¡No cabía mayor felicidad para mí! El rostro se me arreboló de contento. Instantes después íbamos ya los dos por el camino.

Ella siguió las mismas avenidas, los mismos senderos y veredas que recorrió para regresar del bosque, recordando instintivamente su camino anterior, deteniéndose a escudriñar en derredor suyo, sin apartar la vista del suelo, buscando algo, no respondiendo a mis preguntas y acaso olvidando que yo iba en su compañía.

Pero a punto ya de llegar al sitio donde recogí el sobre y donde moría el camino, madame M. se detuvo de repente y dijo con voz débil y angustiada que se sentía mal y quería volverse. Sin embargo, cuando nos aproximamos a la puerta del jardín, tornó a detenerse y meditó un instante; una sonrisa de desesperación afloró a sus labios, y, transida, atormentada, dispuesta a todo y resignándose a lo que viniera, reemprendió en silencio su primer camino sin prevenirme siquiera...

La congoja me martirizaba, pero yo no sabía qué hacer. Nos dirigimos, o, mejor dicho, la conduje al lugar en que, una hora antes, oyera yo los cascos del caballo y el rumor de las voces de los dos. Allí, al pie de un frondoso olmo, había un banco cincelado en una enorme roca, en torno de la cual se extendía el musgo y crecían el jazmín silvestre y el escaramujo. El bosque entero estaba lleno de sorpresas, como puentecillos, veladores y grutas. Madame M. tomó asiento en el banco después de contemplar, ausente el pensamiento, el esplendoroso paisaje que a nuestra vista se ofrecía. Poco después abrió un libro y clavó en él la mirada, sin pasar las hojas, ni leer, ni casi tener conciencia de sus actos. Serían las nueve y media de la mañana. El sol, remontado ya, flotaba esplendorosamente en el intenso azul del cielo y parecía a punto de derretirse en su propio fuego. Los segadores se habían alejado, apenas se los divisaba desde nuestra orilla. Tras ellos se arrastraban las infinitas franjas del heno segado, y la suave brisa, que soplaba muy de tarde en tarde, nos envolvía en su fragancia. En derredor nuestro estaba en su apogeo el infatigable concierto de los que «no siegan ni siembran», sino que son libres como el aire que surcan sus diligentes alas. Creyérase que en aquel instante cada florecilla, cada brizna, exhalando su aroma a modo de incienso, decía a su creador: «¡Padre, qué venturosa y qué feliz soy!».

Contemplé a la infeliz mujer, que era la única que parecía un difunto en medio de aquella explosión de vida. Entre sus pestañas permanecían inmóviles dos lagrimones arrancados a su corazón por un dolor lacerante. Solo yo podía reanimar y hacer feliz aquel pobre corazón angustiado, pero como no sabía por dónde empezar ni cómo dar el primer paso, me atormentaba horriblemente. Cien veces me sentí impelido a acercarme a ella, y cien veces me retuvo un sentimiento indefinible, que hacía colorearse mi rostro.

De pronto se me ocurrió una idea feliz. Había encontrado el medio, y esto me hizo resucitar.

—¿Quiere que le corte un ramo de flores? —le sugerí con acento tan jubiloso, que madame M. levantó la cabeza y me miró fijamente.

—Bueno —accedió con un hilo de voz, sonriendo a medias y volviendo a clavar la vista en el libro.

—Porque si no, quizá corten aquí la hierba y no dejen una flor viva —exclamé, y acto seguido me puse a la obra lleno de entusiasmo.

Tardé poco en recoger un ramo, aunque sencillo y pobre, indigno de ser colocado en el florero de una habitación. ¡Pero con qué gozo me latía el corazón mientras lo iba reuniendo! A pocos pasos recogí gran cantidad de rosas y jazmines silvestres. Muy cerca había un campo de centeno a punto de madurar. Allí me dirigí en busca de campanillas, que entremezclé con largas espigas de centeno, escogiendo las más doradas y hermosas. A poca distancia encontré todo un plantel de nomeolvides, con las cuales fue engrosando ya mi ramo. Algo más allá, en un prado, hallé campanillas azules y claveles silvestres, y luego me fui al río para recoger lirios amarillos. Finalmente, de regreso ya, me adentré en el bosque un instante para cortar unas verdes ramas de arce con que envolver el ramo, cuando me encontré con una multitud de pensamientos silvestres, próximos a los cuales percibí, con gran alegría por mi parte, el aromático perfume de la violeta, y descubrí, oculta en la tupida y jugosa hierba, la flor, salpicada todavía de refulgentes gotas de rocío. Ya tenía el ramillete. Até los tallos con un largo y fino tallo, retorcido a modo de cordón, y, colocando cuidadosamente el sobre dentro del ramo, lo cubrí con las flores de modo que fuera fácil descubrirlo, por poca atención que se pusiese.

Y se lo llevé a madame M.

Por el camino me pareció que la carta estaba demasiado a la vista, y la escondí un poco más. Conforme iba acercándome, la metí más adentro, y, finalmente, ya a pocos pasos de ella, la hundí tanto entre las flores que ya casi ni se veía el sobre desde fuera. Las mejillas me ardían. Tentado estuve de cubrirme la cara con las manos y echar a correr enseguida, pero la señora miró tan distraídamente mi obsequio como si hubiera olvidado que yo había ido a recoger las flores. Maquinalmente, sin apenas reparar en el ramillete, alargó la mano y lo cogió, pero acto seguido lo puso en el banco, cual si yo lo hubiera reunido con tan inútil propósito, y de nuevo hundió la cabeza en el libro, como absorta y desentendida de todo. Ante el revés sufrido, me entraron ganas de llorar. «Con tal de que no aparte el ramo y de que no se olvide de él», pensé. Me tendí en el césped a poca distancia, con la nuca apoyada en el brazo derecho, y cerré los ojos como vencido por el sueño, aunque no le quitaba la vista de encima y esperaba...

Transcurrieron unos diez minutos, y a mí me daba la impresión de verla cada vez más pálida, cuando, inopinadamente, una feliz casualidad vino en mi ayuda.

Fue una gruesa abeja que la amable brisa trajo para suerte mía. Primero estuvo zumbando sobre mi cabeza, y después voló hacia madame M., que trató de espantarla con la mano dos o tres veces; pero el testarudo insecto, como a propósito, se tornaba cada vez más pegajoso, hasta que la señora, echando mano al ramo de flores, lo sacudió para ahuyentar a la abeja. En aquel momento, el sobre escapó de entre las flores y fue a caer directamente encima del libro abierto. Yo me estremecí. Madame M., muda de asombro, estuvo mirando tan pronto al sobre como a las flores que aún tenía en la mano, y pareció no dar crédito a lo que veía... De pronto enrojeció, experimentó una sacudida y volvió los ojos hacia mí, pero yo, atento a sus miradas, cerré los párpados fingiéndome dormido; por nada del mundo hubiera osado mirarla cara a cara. Mi corazón angustiado palpitaba como el pajarillo que cae en las garras de un chicuelo aldeano. No recuerdo cuánto tiempo permanecería allí, con los ojos cerrados; debieron de ser dos o tres minutos, hasta que, por fin, me atreví a abrirlos. Madame M. estaba leyendo la carta, y a juzgar por lo encendido de sus mejillas, por el brillo y las lágrimas de sus ojos, por su iluminado semblante, en el que hasta el más pequeño rasgo vibraba por efecto de una sensación de alegría, adiviné que en aquella carta se contenía su felicidad y que su angustia acababa de disiparse como el humo. Un sentimiento doloroso y dulce al mismo tiempo se apoderó de mi corazón; se me hacía muy difícil seguir fingiendo.

¡Jamás olvidaré aquel instante! En esto se oyó una voz lejana:

—¡Madame M.! *¡Natalie, Natalie!*

En vez de contestar a la llamada, ella se levantó rápidamente y, acercándose, se inclinó sobre mí. Noté que estaba mirándome a la cara. Temblaron mis párpados, pero me mantuve firme sin abrir los ojos. Aunque procuré acompasar y sosegar la respiración, el corazón me ahogaba con sus violentos latidos. Sentí en las mejillas un cálido aliento: madame M. se había inclinado hasta colocar su rostro muy cerca del mío, como tratando de explorarlo. Por último, sentí caer varias lágrimas seguidas de un beso sobre la mano que tenía apoyada en el pecho; y luego otros dos besos más.

—*¡Natalie, Natalie!* ¿Dónde estás? —oyose la voz de antes, ya muy cerca de nosotros.

—¡Ya voy! —respondió madame M. con su recia voz argentina, empañada por las lágrimas, pero lo hizo de manera tan queda, que solo yo pude oírla.

En aquel mismo instante, el corazón acabó por traicionarme e hizo afluir toda la sangre a mis mejillas. Al mismo tiempo, un beso ardoroso me abrasó los labios. Exhalé un grito y abrí los ojos, pero entonces cayó sobre ellos el pañuelo de gasa del día anterior, cual si madame M. deseara protegérmelos del sol. Segundos después había desaparecido. Yo no percibía sino el rumor de sus pasos, que se alejaban apresuradamente.

Cogí el pañuelo y lo besé, enajenado de alegría. Durante varios minutos estuve como loco. Con el aliento entrecortado, apoyándome de codos en la hierba, contemplé, inmóvil y como inconsciente, las colinas de los alrededores cubiertas de mieses; el río que las circundaba y que, en todo cuanto abarcaba la vista, serpenteaba entre otras colinas y aldeas que moteaban el horizonte bañado en luz; los bosques azules que parecían humear sobre una franja del cielo resplandeciente; y un dulce sosiego, que parecía emanar del solemne silencio del paisaje, serenó poco a poco mi alma inquieta. Me sentí aliviado y respiré con más libertad... Pero todo mi ser experimentó una vaga y suave nostalgia, producida, quizá, por la revelación de algo desconocido, por un presentimiento incierto. Mi atemorizado corazón, que latía de gozo, comenzó a adivinar algo tímidamente. Y de pronto sentí vacilar mi pecho, dolorido como si me lo taladrasen. Las lágrimas, lágrimas de dulzura, fluyeron de mis ojos. Me cubrí la cara con las manos y, temblando como una hoja, me entregué cautivo a la primera revelación de mi corazón, a la primera y todavía incierta madurez de mi naturaleza... Mi infancia terminó en aquel instante.

Dos horas después, cuando regresé a la casa, ya no encontré allí a madame M. Un suceso inesperado la había hecho marcharse a Moscú en compañía de su marido. Y nunca más la he vuelto a ver.

AUSTRAL

www.australeditorial.com

www.planetadelibros.com